サークルで一番可愛い大学の後輩

さーくるでいちばんかわいいだいがくのこうはい

2.消極先輩と、積極後輩との花火大会

水棲虫
suiseimushi
[イラスト]
maruma(まるま)

サークルで一番可愛い大学の後輩

2.消極先輩と、積極後輩との花火大会

目次

CONTENTS

プロローグ …………… 005

一章 …………………… 010

二章 …………………… 088

三章 …………………… 193

四章 …………………… 235

エピローグ …………… 306

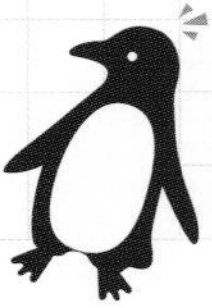

CIRCLE DE ICHIBAN KAWAII DAIGAKU NO KOUHAI

花火大会の帰り。

ふたりで乗ったタクシー。

「ふふ、寝ちゃいました」

「逆、という訳でもない
私の方が大好きなん

美園との勉強会
「まずは微分
見てもらって
んですけど。
です—

サークルで一番可愛い大学の後輩
2. 消極先輩と、積極後輩との花火大会

水棲虫

ファンタジア文庫

3246

口絵・本文イラスト　ｍａｒｕｍａ（まるま）

サークルで一番可愛い大学の後輩

さーくるで
いちばんかわいい
だいがくのこうはい

2.消極先輩と、積極後輩との花火大会

CIRCLE DE ICHIBAN KAWAII DAIGAKU NO KOUHAI

登場人物

CHARACTERS

サネ

大学2年生　人文学部法学科

牧村の友人。本名は実松《さねまつ》和也《かずや》。社交的で所属サークルは多いが、ほとんどは幽霊部員。

ドク

大学2年生　理学部化学科

牧村の友人。本名渡久地《とくち》幸成《ゆきなり》。水泳部にも所属していて、そちらに恋人がいる。

宮島志保 みやじま しほ

大学1年生　人文学部社会学科

美園の友人。明るく、人間関係がうまいタイプ。

成島航一 なるしま こういち

大学3年生
教育学部教員養成課程数学教育専攻

通称成さん。文実のOB。

島内香 しまうち かおり

大学2年生　教育学部幼児教育専攻

文実で牧村と同期。姉後肌。

一ノ宮仁 いちのみや じん

大学2年生　農学部バイオ化学科

牧村の代の文実委員長。頼りないが懸命で慕われている。通称はジン。

小泉雄一 こいずみ ゆういち

大学1年生　理学部生物学科

お調子者な後輩。

岩佐若葉 いわさ わかば

大学2年生　人文学部社会学科

ミニマム関西人。美園のことを気に入っている。

プロローグ

「牧村《まきむら》君。何かいいことあった？　ってか、あったでしょ」

「……何ですか急に」

　バイトの勤務時間が終わってバックヤードから更衣室に向かう途中、事務仕事中のバイトリーダーから声を掛けられた。随分と愉快そうな顔をしている。

「今日だいぶ上機嫌だったからね。抑えようとはしてたみたいだけど、抑えきれてなかったし」

　それは間違い無く、昨夜美園《みその》が泊まっていったことが理由だ。先輩として頼ってもらえるように全力を尽くすと決めた。それ以上の関係になれるように色々と頑張ろうと決意した。そして何より、とても幸せな時間を過ごした。だからだろう、半日ほど経《た》った今でも心の中からまるで熱が引いていない。

「別に何も無いですよ」

「ふーん」

誤魔化してみたものの通じている様子は全く無く、リーダーはニヤニヤと笑うばかりだ。

「それより……次回分のシフト、ちょっと早いですけど出した方がいいですかね？　試験とか夏休みとか絡《から》むんで」

「お、助かるよ。次は早めに作りたかったからさ。流石《さすが》、今日の牧村君は違うね」

話題変更には乗ってくれたものの、最後にからかいは忘れないらしい。彼女らしいと言えばらしいが。

「先に謝っておきますけど、試験があるんでそこまでは出られないですよ」

七月は文実《ぶんじつ》の活動がほぼ無いのでその分の融通は利《き》くが、そもそも何故《なぜ》活動が無いかと言えば期末試験があるからだ。時間が空いたからとバイトに明け暮れるのは本末転倒になってしまう。

「試験なのは知ってるし、そこは無茶振りしないから安心して。七月は花火大会の日に出てくれればいいから」

「花火大会？」

「七月最後の土曜ね。恋人いるスタッフはもちろん、いないスタッフも出たがらないから、毎年人手足りなくて苦労してさ。だからちょっと早めから手を付けたかったんだよね」

リーダーは自分の肩を叩《たた》きながら、半笑いで何かの用紙――他の人たちのシフト希望票だと思われる――に目をやっている。

今年で二十四歳になるという彼女は、髪留めを外して長い髪をバサッと下ろして息を吐いた。イベント事の際の人繰りには随分と苦労があるようだ。

「大変ですね。じゃあ、書いてきますよ」

「ありがとね」

リーダーから用紙を受け取ってから更衣室に戻り、着替えを終えた。シフト希望を書く前に調べ物がしたくてスマホのブラウザを起動する。検索を開始すると、先ほど言っていた花火大会がトップに表示された。ページを開くと、件《くだん》の花火大会は駅から三キロと少し先にある一級河川の河川敷で開催され、県下では一、二を争うほどに大規模なものであると説明がされていた。

「これ次のシフト希望です。お願いします」

「はーい、ありがとう……ねえ、牧村君？」

僕が提出した用紙を受け取ったリーダーが、それに目を通してから声のトーンを少し下げた。理由はもちろん――

「花火大会の日が×になってるんだけど、書き間違い？　書き直しとくね」

「いえ、間違えてませんのでそのままお願いします」

「……見栄張《みえは》らなくていいんだよ？」

彼女の険しかった顔が変わり、優しい顔で僕を正面から見て諭すように言ってくる。

「いや、見栄じゃなくてですね――」

「だって牧村君、クリスマスも出てくれたじゃん！　彼女いないんだからいいじゃん」

「決め付けないでくださいよ」

「まさかいるの？」

「いませんけど、まさかは酷《ひど》くないですかね……とにかく、今年の花火大会の日はダメなんです」

間違ってはいないけど酷い決め付けだ。それだけ人が足りないということなのだろうが、リーダーは割と必死に食い下がってくる。

「ってことは花火大会にかこつけて女の子誘うんだ⁉　私を見捨てて！」

「人聞きの悪い言い方やめてくださいよ。代わりにお盆期間はずっと出ますから」

シフト希望はこちらの自由とはいえ、一応僕にも罪悪感はある。結局、このお盆出勤のカードを切ったことが効いたのか、リーダーはぶーぶー言いながらも僕の休み希望を通してくれた。「フラれたら出ろ」という縁起の悪い言葉を最後に付け加えてだが。

「花火大会か」

家に帰ってから、今度はPCで先ほどのページを開く。トップページには鮮やかな花火の写真が載せられていて、綺麗《きれい》だと思った。だが、人手が足りないと言われた花火大会当日にバイトの休み希望を出したのは、綺麗な光景を見たかったからだけではない。

美園を誘って、美園と一緒に出掛けて、美園と二人で見たかったから。

それに八月になれば今度は文実の合宿、という名の旅行がある。

美園とは、一緒に帰ったり、食事に行ったり、食事を作ってもらったり、家に泊まってもらったりと、親しい関係を築けている……と思う。だから先輩と後輩の関係から一歩も二歩も踏み出していくために、こういったイベント事はうってつけだろう。

何より、日常から少し離れた時間で美園はどんな風に笑うだろうか。淑《しと》やかに微笑《ほほえ》む彼女の表情を思い浮かべながら、自然とそう考えた。

これから来る夏が楽しみでならなかった。

一章

「マッキー今日バイトだったの？」

「いや。寝癖が直らなかったから、もういっそのことと思ってセットした」

週が明けて火曜。文実《ぶんじつ》の全体会議が始まる前、香《かおり》からの質問に今日何度目かの同じ嘘《うそ》をついた。自分を変えようと決めてから、最初に思いついたのがまず形から入ることで、髪形を変えた。美園《みその》からの評価も良かったことだし。

「よく見るとバイトの時とはちょっと違う？　いいじゃん。普段からそうしなよ」

「朝イチでセットするのも手間じゃなかったし、出来る限りそうするよ」

ありがたい言葉だ。評判を探っている現状、香のストレートな物言いはとても助かる。

僕の返答に満足したのか、「じゃあまた部会で」と言って香は自分の席へ戻っていった。

「マキ、抜け駆けは許さんぞ」

「抜け駆けって何だよ？」

「髪形変えて彼女作る気だろ。俺にはわかる」

香との会話が終わると、横にいたサネがそんなことを言い出した。意外と鋭いがその辺のことを言われるのは想定の範囲内だ。

「悪いなサネ」

変に否定するよりも乗っかっておいた方がこういう話題は流せる。

「次の合コンは誘ってやんねーからな」

「あー困るなー」

そもそも行ったことが無い。何より、誰でもいいから彼女が欲しくて髪形を変えた訳ではない。合コンに誘われなくても何も困らない。

「お疲れ」

そのままサネと言い合っていると、開会五分前になってドクが現れた。

「彼女とご飯食べてたら遅くなっちゃって」

聞いてもいないことを嬉《うれ》しそうに話す友人を見て、もう一人の友人と辟易《へきえき》したような顔を作って見せたが、内心少し羨ましかった。

今日の全体会議は広報宣伝部が皆の前に出ていた。今年の文化祭のロゴデザインを紹介し終え、現在は意見を募っている。このロゴのイメージを元に看板やステージバックのイラストを作るため、ここが承認されないことには実行委員会としても動き出せない、非常に重要な議題だ。

今年のデザインは筆で書いた文字を中心とした和風なものに仕上がっている。僕個人としてはいいセンスだと思う。横にいるサネとドクの反応も悪くない。しかし――

「去年もそうだったけど、すんなりとは決まらんな」

「だねえ」

小声の二人に、同じように苦笑しながら頷《うなず》く。重要な議題になればなるほど厳しい質問が飛ぶもので、今日もその例に漏れず忌憚《きたん》の無い意見のぶつけ合いが行われている。このロゴデザインに後から欠陥が見つかろうものなら、やり直すことが多過ぎて文化祭は台無しになるのだから、チェックの目も厳しくなる。

「ま、これぱっかりは全会一致は無理だし、今年も多数決だな」

「そうだな。センスの問題は話し合ってもどうにもならないし」

サネの言う通り、議論の結果大きな問題は無いと結論付けられ、賛成多数となった。来週からこのロゴが公開され、それを元に看板やステージバックイラストの一般公募が実行委員会のホームページ上で始まる。募集は八月前半までで、採用された人にはわずかだが謝礼も出る。

その後、今年度の文化祭実行委員のスタジャンの色についての多数決が行われた。僕はピンクなどの着づらい色でなければ何でもいいと思っていたが、青いスタジャンを着た美園の顔が忘れられず、去年と同じ青に一票を投じた。結果は白に決まった。

「今日の若葉《わかば》さん凄《すご》かったですね」

部会が早々に終わり、担当会も無かったため、僕は美園と志保《しほ》の帰りを送っている。自分から誘うぞと思っていたが、チンタラしていたら志保の方から声をかけてきた。

「まあ、そうだな」

そんな帰り道で志保が話題にしたのは、彼女が所属する第一ステージ担当の長、岩佐《いわさ》若葉のことだった。今日の全体会、ロゴデザイン案に厳しい意見をぶつけていた面々の中心が若葉だった。一年生にとっては、特に同じ担当で下につく志保からすれば、割と衝撃的な光景だったかもしれない。

「若葉ほどじゃないにせよ、これから検討事項が増えてくから、ああいうことも多くなるだろうな」

「怖いですねえ」

「お互い真剣にやってることだし、それに厳しいこと言える人は組織にとって大事だってのもわかってるから、後を引くことは無いよ」

「理屈はわかるんですけどね」

少しだけ顔を強張《こわば》らせる志保に「まあ頑張れ」と適当な言葉をかけて、美園に視線を向けると、少し沈んだような表情をしている。もうバス停はすぐそこという所まで歩いて来ているが、彼女はほとんど口を開いていない。

全体会議が始まる前に何気ないメッセージのやり取りをしたが、その時の文章は丁寧でこそあったが、気落ちしたような様子は無かった。むしろスタンプの付き方からすればテンションが高めという印象だった。全体会議の雰囲気に当てられたのだろうか。

「あ、バス来てる」

心配して美園に声をかけようとした瞬間、左方向から向かって来るバスを見つけ、僕と美園に挨拶をして志保は駆けて行った。「美園のこと頼みますね」と、小さく僕にだけ聞こえるように言い残して。

「美園――」

「あの――」

声をかけようとしたタイミングで被《かぶ》った。多少気まずくはあったが、それ以上に何と言うか嬉しかった。美園がどう思ったかはわからないが、彼女も気恥ずかしそうに笑っている。やっぱり笑った顔の方がずっと可愛《かわい》い。もちろん沈んだ顔でもとても可愛いのだが。

「お先にどうぞ」

笑いながら手のひらで促すと、美園は少し迷ったように見えたが、一度頷いてから口を開いた。

「牧村《まきむら》先輩はモテたいんですか？」

「え」

てっきり今日の全体会議のことで何か聞かれると思っていたので、想定外の質問に一瞬頭がフリーズした。

「香さんとお話ししていたことが聞こえてしまって。髪形も急に、変えていますし……」

「別にモテたくて変えた訳じゃないよ。心境の変化と言うか何と言うか」

髪形を変えた理由が心境の変化なのは嘘ではない。ただし、不特定多数にモテたいという意図は一切無い。目の前でもじもじしながらも、僕から視線を外さない美園一人だけへのアピールだ。

そう言ってしまえたらと思ったが、いきなりそんなことを言われても困るだろう。何より言う度胸がない。

「でもその後、実松《さねまつ》さんと合コンのお話をしていましたよね」

「誤解だ。サネに何回か合コン誘われたけど、僕は一回も行ってない」

実際に何度か誘われたけど、初対面の相手と僕が上手《うま》く話せる訳はないので、ずっと固辞していた。興味自体はあった訳だが、今となっては参加しなくて正解だった。

美園は以前、「私は恋人が欲しいんじゃなくて、好きな人に恋人になってほしいんですから」と言っていた。誰でもいいから恋人が欲しい、というような姿勢は彼女の好むところではないだろう。そんな誤解をされるのは何が何でも御免だ。

「前に、美園がこの髪形を褒めてくれたことがあっただろ？」

「え。は、はい。そうですね……」

最初に僕のバイト先に来た時と、一緒に食事に出かけた時。その二回が無ければ、自分を変えたいと思っても、髪形を変えるという選択をしなかったのではないかと思う。

「その時から髪をセットしようとずっと思ってたんだけど、この間ようやく決心がついたって感じかな」

正直に心中を吐き出すのは恥ずかしいが、嫌われるよりは遥《はる》かにマシだ。というか嫌われたら実家に帰るかもしれない。

「そう、だったんですね。変な勘違いをして、すみませんでした」

僕から目を逸《そ》らさず、美園は嬉しそうに笑ってそう言った。しかしその後で少し僕から視線を外し、また戻す。整った顔に浮かぶ笑みは様変わりし、可愛らしい恥じらいが見て取れた。

「髪形、よくお似合いで……素敵です」

「ありがとう……美園にそう言ってもらえると嬉しいよ」

心臓がドクンと跳ねたのがよくわかった。顔を合わせたままの美園に少しだけ踏み込んだ言葉を伝えると、ぱちくりとまばたきが一度、そして元々大きな瞳がもう少し大きさを増す。訪れた沈黙は気まずいものではなく、はにかむ美園と見つめ合う時間は何と言うかもどかしい。

「そ、そう言えば、美園はスタジャンの希望、何色にした？」

このままではどんどん速くなる鼓動が美園に聞こえてしまいそうだと思え、彼女が楽しみにしていたスタジャンについて話題を振ってみた。

「あ、ええと……思い入れのある青いジャンパーを着てみたくて、青にしました。去年と同じ色は選ばれないかなとは思ったんですけど、やっぱりでしたね」

「二年はみんな青以外に入れただろうしね」

僕以外は。

「でもいいんです。ちょっと残念ですけど、今年皆さんと、牧村先輩と一緒の白いジャンパーを着られますから。きっと素敵な思い出になります」

言われてみれば、美園と同じ白色を着て活動ができることは凄く楽しみだ。きっと彼女は白が、いや、白もよく似合うだろう。そんな想像をしていた僕に、美園は「それに」と可愛らしいはにかみを浮かべて言葉を続ける。

「この間、牧村先輩のジャンパーを着させてもらいましたから」

「なら良かった」

「はい。ありがとうございました」

嬉しそうに少しだけ目を細め、美園が相変わらずの綺麗《きれい》な会釈《えしゃく》を見せる。あの時も思ったことだが、こんなに喜んでもらえるのならありがとうはこちらのセリフだ。

「もしまた着たくなったら、いつでも……」

そこまで言って、舞い上がっている自分に気付く。ついさっきまで今年のスタジャンの話をしていたばかりだ。美園だって前期の終わり頃には自分のスタジャンを手に入れる。

それなのに――

「遠慮、しませんよ?」

丸くしていた目を優しく細めた美園は、以前のやり取りと同じ言葉を口にした。

あの時の言葉を覚えていて使ってくれたこともそうだが、僕が舞い上がっていただけだと思ったことを美園も楽しみにしてくれると言うのだから、余計に浮かれてしまいそうだ。

「……うん。遠慮しないでくれ」

緩みそうになる頬に少し力を入れてから同じ言葉を返すと、口元を押さえてふっと笑った美園が、「はい」と優しく頷く。

「文実の帰りとかにいつでも寄ってくれればいいから」

「ありがとうございます」

ちょうど横まで来ていた僕のアパートを示した指を目で追った美園が顔を綻ばせ、「あ、そうだ」と視線を僕に戻しながら自身のバッグに触れた。

「牧村先輩。これ、お返しするのが遅くなってすみませんでした」

「ああ、鍵か」

美園が取り出したのは白い封筒。頭を下げながら差し出されたそれを受け取って確認すると、中身は僕の部屋の鍵。

「はい。ずっと返さなきゃって思っていたんですけど……」

申し訳なさそうな表情の美園がもう一度頭を下げるので、「気にしなくていいよ」とだけ伝える。本当は、返さなくていいよと言いたいところだが、そんなことを伝えていい関係ではないのだから、言っても困らせてしまうだけだ。

「遊ばせてた鍵だし、美園なら悪用なんて絶対しないだろ？」

「はいっ。もちろんです」

尋ねてみると、真剣な顔の美園が大きく首を縦に振り、じっと僕の目を見つめる。そんな彼女が両手で差し出したままの封筒を受け取ったが、こちらの動きがゆっくりだったせいか、封筒を落としてしまわないように気を遣ってくれた美園はしばらく指を離さなかった。

この鍵を渡す時には、返さなくていいと言って渡す日が来るのだろうかなんてことを思った。そして今、いつかこの鍵を受け取ってもらいたいと強く思った。

◇◇◇

金曜の授業は普段なら三コマまでなのだが、今日は振替授業があったため四コマまで大学にいることになった。四コマが終わると十七時に近いため、十八時からの文実の全体会議に間に合わせることを考えると、一旦家に帰るのも面倒だ。

そこで、久しぶりに文実の委員会室に顔を出すことに決めて、授業のあった理学部A棟から共通G棟へと向かった。都合が合う誰かと学食にでも行ければ、時間的にもちょうどいいだろう。

委員会室には、今の僕のように全体会議までに家に帰るのが面倒になったり、授業の空き時間を過ごしたりといった者の他にも、ただ単に暇だからという理由で入り浸る者もいる。鍵を持っているのは委員長、副委員長、各部長たちと経理担当だけではあるが、なんだかんだで大体誰かはいるのでほぼ一日中出入り自由状態だ。

「お疲れ様」

定型の挨拶を口にして委員会室に入ると、中には十五人ほどがおり、口々に「お疲れ」「お疲れ様」「お疲れ様です」の挨拶をしてくれる。見たところ一、二年生の数は同数くらいだろうか。

一年生は全員他の部なので、ほぼ話したことも無い。二年生の方でも、残念ながら僕が飯食いに行こうと誘える仲の相手は委員長のジンくらいだが、会議の準備で忙しそうだ。

仕方が無い、十七時三十分頃までここで適当に時間を潰してから第一食堂に行って飯を済ませるとするか。

「マッキーさんですよね？」

「ああ、新歓の時の」

教科書を開こうとした矢先に話しかけてきたのは、新歓の時にサネと一緒のグループにいた一年生だ。名前は、あの時は後から加わったせいで聞いていなかった。

「明日の作業の後に一年の懇親会があるんですけど、君岡《きみおか》さんが来るか知ってますか？」

「いや。あること自体初めて知ったよ。そう言えば去年もこの辺の時期にやったっけ」

そう言えばついでで、目の前の一年生は作業の時に美園のことを尋ねてきた中にいたなと思い出す。同じ二ステ担当の僕ではあるが、一年生で社交的な雄一《ゆういち》がいる分美園に関しての質問はそっちに行っているのか、彼女のことで質問を受けたのは思えば久しぶりな気がする。

「そうなんですか。飛び込み参加もオッケーなんで、よければ言っておいてください」

「機会があれば言っとくよ」

礼を言って去って行く後輩を見送りながら、無理強いは絶対しないけどなと心中で付け足す。まあ、予定が無ければ美園のことだから参加するだろうけど。彼女が一年生とどのような交友関係を築いているかはわからない。ただ、一年生だけで遊びに行ったり、志保以外の友人とファミレスに来たりと、良好な関係を築いていることは間違いないだろう。いい子だからな、当然だ。

文実で素敵な思い出を作りたいと言っていた美園だ。同期たちとの交流だって当然その一つなのだから、僕としても喜ばしいことだ。それなのに、一学年上の自分はその輪に加わることが出来ない。それがとても残念だった。

「明日、一年生だけの懇親会があるんだって？」

「はい。作業の後に、また合宿所を借ります」

「美園は参加組？」

「はい。一年生全体で集まるのは今回が初めてなので、楽しみです」

会議が終わって美園を送りながら話題を出すと、彼女は笑顔で頷《うなず》く。

「苦楽をともにする人たちですから、仲良くなっておきたいです」

どこかで聞いたようなことを言いながら、美園がはにかむ。だがそんな表情の愛らしさよりも、僕の発言を覚えて使ってくれたことに強く心が動かされる。

「美園なら大丈夫」

「ありがとうございます。牧村先輩にそう言っていただけると、心強いです」

そう微笑《ほほえ》む美園の口からは、去年の懇親会についての質問が続いた。僕が参加したかどうか、どんな話題が上がったかなどなど、答えるたびに彼女は楽しそうに笑っていた。

「だけどあんまりハメを外し過ぎないようにね。美園はお酒飲めないし」

「その節はご迷惑をおかけしました。もう同じ失敗はしません」

そう言って眉尻を下げた美園だが、あの後のような申し訳なくて消えてしまいそうな様子ではない。僕が冗談めかして言ったのがわかったのもあるだろうが、少しだけ距離が近付いたのだと思いたかった。

ただ結局、懇親会の話題が続いたまま美園の家まで辿《たど》り着いてしまい、花火大会のことは話せなかった。

◇◇◇

六月三回目の土曜の今日、夏休み前最後の作業が行われる。内容に関しては今まで同様、補修済みの木製看板と紙製看板の土台に模造紙を貼り付けていくのがメインだ。そうやって出来上がった白紙の看板に、来週から応募が始まるデザインの中から選ばれたものが描かれ、文化祭を彩《いろど》ってくれることになる。

以前雄一に説明したように、看板に模造紙を貼り付けていく作業は中々に難しく、一人でやるのならイライラすることもあるが、文実の仲間たちと一緒に和気藹々《わきあいあい》と行うと中々に楽しい。失敗を織り込んだ作業予定になっているため、多少失敗しても長引くことが無いのも楽しめる理由の一つだろう。

この模造紙貼りを始めた頃、一年生の多くは緊張の面持ちで作業をしていたが、最終回の今日には皆明るい顔になっている。

ふと気になって美園を捜すとすぐに見つかった。ちょうど木製看板への模造紙貼りが終わったところのようで、顔を綻ばせて周囲と少し控えめなハイタッチをしている。彼女が楽しそうだと僕の心も弾む訳だが、ハイタッチを行う周囲には男も当然いて、胸がチクリと痛む。以前はわからなかったが、今となってはこれが嫉妬心から来るものだとわかる。

「マキどうかした？　なんか変な顔してるけど」

横から肩を叩《たた》かれて顔を向けると、ドクがそんなことを言ってきた。

「新しい自分を発見してた」

まさか自分がこんな感情を抱くとは思ってもみなかった。

「意味わかんないんだけど」

呆《あき》れ気味のドクと話を続けつつ視線を元の方向に戻すが、ハイタッチは既に終わっており、今は周囲の一年生たちと談笑している。今日の懇親会の話でもしているのだろうか。

僕も一年だったのならあの輪の中にいられたのだろうか。そんなどうにもならないことを考えていた自分に気付き、頭を軽く叩いた。横にいたドクは「頭大丈夫？」と失礼なことを言っているが、あまり大丈夫ではないのかもしれない。

結局これは無いものねだりだ。今の僕が美園と過ごす機会を得ているのは、先輩と後輩という関係性があってこそだ。もしも同じ一年生だったとしたら、美園とは何の接点も無かっただろう。だから今の自分はとても恵まれている。頭ではそうわかっているのに、気持ちの面ではまだまだ呑《の》み込めそうになかった。

作業が終わった後、十五時からバイトのシフトに入った。一年生の懇親会が気になりはしたが、一応仕事はきちんとこなした、と思う。因《ちな》みに更衣室に入る前、幽鬼のような表情をしたリーダーに「花火……」と恨めしそうに言われた。

『懇親会が終わりました。牧村先輩に言っていただいた通り、とても楽しめました。ありがとうございます』

着替えを終えてスマホを見ると、力こぶを作るペンギンのスタンプが添えられていたメッセージがあった。送り主はもちろん美園で、昨日冗談めかしながらも心配するようなことを言ったからか、一応連絡をくれたのだろう。彼女からしたら何気ない報告だとしても、ただそれだけでこんなにも嬉《うれ》しいのだから始末に負えない。

『それなら良かったよ。気を付けて帰って。おやすみ』

『はい。ありがとうございます。おやすみなさい』

添えられた手を振るペンギンが美園の高揚を示しているようで、気にしていたことが全て吹き飛ぶような気分だった。

◇◇◇

週が明けて火曜日。夏休み前の文実の集まりはあまり残っていない。しかも内一回は土曜の前期お疲れ様会、つまりは飲み会なので美園と絡《から》みに行けるかは怪しい。呼び出せば別だがこのままだと直接誘うチャンスは今日か金曜の全体会議後しかない。

だというのに、アクションを起こせないどころかどうやって誘うかもまるで考え付かなかった。いや、正確に言えばストレートな言葉くらいは思いついている。

「美園、一緒に花火大会に行かないか？」程度でよければ僕にだって言える……かどうかはともかくとして頭にはある。しかしそう言ったとして、「すみません」とバッサリ斬られるのであればいい。いや良くはないが、まだマシだ。

だが、断りたいのに断れないというような思いを美園にさせてしまうケースは無いだろうか？　僕と美園を繋《つな》げてくれた先輩と後輩という関係を考えてしまう。立場上無理強いにならないか、断ったら今後気まずくなるなんて考えさせてしまわないか。そういった思考が重くのしかかる。

なので、『美園が断りやすく』尚且《なおか》つ『断られない』文言を考えている。トンチが利《き》き過ぎていて頭が痛い。

少し早く着いた全体会議の会場で頭を悩ませていると、後ろから「マッキーさん」と声を掛けられた。振り返るといつも能天気な雄一が、少し深刻そうな顔でこちらを見ていた。

「分子生物学の勉強見てもらってもいいっすか？」

「試験勉強か？　別に構わないけど」

分子生物学は生物学科一年次における必修専門科目の一つで、その単位を取らなければ他でどれだけ優秀な成績を収めても卒業が出来ない。仮に今年単位を落としても来年以降に取得は可能だが、そうなると二年次における履修に影響が出る可能性がある。

「あざっす。三回休んでるんで、試験で点取らないとヤバいんすよ」

「お前、もう後が無いじゃないか」

「一コマ目なんで眠いんすよ。それに木曜って半日だからついつい休みたくなるじゃないすか」

大学の授業は前期後期制で、それぞれ十五回の授業と一回の試験で構成されている。その内、授業を四回休むと落第になる。レポートで許してくれる優しい教員もいるらしいが、基本的にはアウトだ。雄一はあと一ヶ月を残している段階で既に後が無いし、試験で点を取らなければ総合評価も厳しくなるだろう。

「金曜が三コマまでだから、全体会議までの間でいいか？　それで厳しそうならまた時間取るから」

「ほんっと助かります」

「これくらいなら気にするな。あと、絶対もう休むなよ」

「はい！」

右手で敬礼のポーズを取った雄一が、深刻そうな表情を忘れて元気よく返事をした。

文実の中でも部によって忙しい時期は変わってくる。夏休み前に一番忙しいのは、間違いなく広報宣伝部だ。文化祭のロゴデザイン、ポスターやパンフレット製作のための諸々《もろもろ》の準備を後期が始まる十月の頭までには形にしなければならないので、前期の内にやっておかなければならないことが多い。

対して僕の所属する出展企画部は、出展希望団体の受付が本格化する後期以降が忙しい。つまり前期の段階でやれることは少ないのだが、その前に決めておかなければならないことが無い訳ではない。

「じゃあ出展に関しての枠組みを次回の部会で話し合いたいんで、各担当で一年生に説明しながら話し合ってください」

部長の隆《たかし》がこれ以上ないほどにざっくりとした話しかしなかったので、担当会に集まった雄一が「枠組みってなんすか?」と疑問符を浮かべていた。一応以前にも枠組みの話はされているが、さわり程度だったので一年生が完全に理解するのは難しかっただろう。

「美園はわかる?」

「ええと、各担当ごとに扱う団体の範囲を決めることだというのは覚えていますけど、詳しい内容についてはわかりません。すみません」

「今の段階ならそれだけわかってれば十分だよ」

「うん。じゃあこれから説明するね。マッキーが」

ツッコもうかと思ったが、それよりも早く美園がこちらを向いたので、呑《の》み込んだ。

「お願いします」

「お願いしまっす」

背筋を伸ばした綺麗《きれい》な姿勢は普段通りだが、こういう場だと美園が真剣に話を聞こうとしているのがより一層伝わり、気合が入るというものだ。雄一の方も、普段より明らかに背筋が伸びていることだし。

　後輩たち二人がメモ帳を取り出したのを見て、「じゃあ」と話を始める。

「さっき美園が言ったように、枠組みっていうのは担当ごとに扱う団体の種類を決めることなんだけど、たとえば二ステの上で食べ物の屋台出したいって言われたら、受け入れられると思う？」

「いやー無理でしょ……無理っすよね？」

「うん。無理だ。枠組みっていうのはその根拠なんだ。今出した例で言うと、二ステに申し込めるのはバンドだけだし、飲食物の屋台は模擬店担当でしか扱えない。つまりは、各担当で何を扱えて何を扱えないのかを決めるのが枠組み」

「あー、なんとなくわかったっす」

　合点《がてん》がいったという表情の雄一の横で、美園がメモ書きを終えて顔を上げた。

「で、各担当の枠組み一覧は、香がレジュメ持ってる」

「はい。これね」

　香が自身を含めた四人にA４用紙二枚ずつを配ると、美園が首を傾《かし》げた。

「だいぶ少ないんですね。今のお話からすると、もっとたくさん資料があるのかと思っていました」

七つの担当それぞれの枠組みが記載されていることを思えば、そう考えるのは当然だろう。

「細かい部分まで載せると量がとんでもなくなるからね。一応事例集は委員会室のＰＣのファイルに入ってるけど、量が多いから迷った時に見るくらいでいいよ」

「うん。とりあえず二人とも、まずはこのレジュメだけ目を通してみて」

「はい」

「っす」

香に促されて頷《うなず》いた二人がレジュメに目を落とした後少しして、香の方を窺《うかが》うと何やら企《たくら》んでいるかのように笑っていた。何をするつもりだと尋ねようとしたところで、後輩二人がほぼ同時に顔を上げる。

「じゃあ二人に問題。レジュメ見ながら答えてくれていいからね」

意地の悪い問題を出す気だというのはすぐにわかった。

「教室を使ってカフェをやりたい場合、申請はどの担当にしないといけないでしょう？」

「うわ……」

想像以上に意地の悪い質問の仕方に思わず声が出た僕を、美園がちらりと窺って小さく首を傾げる。可愛《かわい》いなと意識を奪われそうになるのを、雄一の声が遮った。

「棟内イベント担当と迷いましたけど、模擬店担当っすね。だって飲食物の販売は全て模擬店担当って書いてありますし」

レジュメの文章を指差しながら自信ありげな雄一だが、その隣で美園が先ほどよりも大きく首を傾げている。

「でも、模擬店を出せる範囲に教室は含まれていないよ」

模擬店を出せる範囲は所謂《いわゆる》模擬店通りと呼ばれる、文化祭の中心となる第一ステージを挟んで南北に延びる屋外のエリアだけ。雄一がレジュメの図に視線を落とし、小さくうめく。

「あ、マジだ。え？　じゃあ、棟内イベント担当？」

「でも、棟内イベント担当の枠組みだと飲食物の販売が出来ないから……」

美園が指で示した文言を見て、今度は雄一が首を捻《ひね》る。意地の悪い質問だとは思ったが、後輩たちの話し合いを眺める香は満足げだった。多分、僕も似たような気持ちなのだと思う。

「で、最終的な答えを聞いてもいいかな？」

「多分、教室内でカフェは出来ないんだと思います。合っていますか？」

雄一との話し合いを終えた美園が少し自信無さげに尋ねると、香は間を空けることなく即座に「正解！」と表情を崩した後、一瞬だけ満足げな視線を僕に向けた。

ほっとしたような美園と、どこか誇らしげな雄一。去年は知る由《よし》も無かった、先輩としての喜びは相当に大きいのだと。


「じゃあマッキーさん、金曜お願いしますよ。委員会室ですよね？」

「ああ。木曜は絶対寝坊するなよ」

「わかってますって。それじゃあお疲れ様っした」

担当会の後、雄一は勉強を見るという話に念を押して帰って行った。

「雄一となんか約束したの？」

「勉強見ることになってる」

尋ねてきた香は「あー」と納得してくれたようだ。学科というわかりやすい共通点があるおかげだろう。

「じゃあ美園、帰ろうか」

荷物を持って立ち上がった僕に、美園からの「はい」の返事が来ない。不安になって視線をやると、彼女は驚いた様子でその可愛い顔を硬直させて僕を見ていた。何故《なぜ》か横に座る香までいつもより目を開いて僕を見ている。

「……二人ともどうした？」

「え、マッキー本物？」

「偽物《にせもの》がいるのか？　僕の」

「だって……まあいいや」

呆《あき》れ気味の香が目で僕の視線を美園の方に誘導したが、美園は自分の頬を押さえている。何と言うか、緩んでしまう顔を必死で抑えようとしているといった印象だ。今の何がそんなにおかしかったのか。

「あ、すみませんでした。はい、一緒に帰りましょう」

疑問をぶつけたい気持ちもあったが、その笑顔に吹き飛ばされる。

「香さん、お先に失礼しますね。おやすみなさい」

美園が香に挨拶をすると、香は何やら微笑《ほほえ》ましいものでも見るかのような視線を送って美園の頭を撫《な》でた。羨ましい、代わってくれ。

「さっきのは結局何だったんだ？」

帰り道、ずっと上機嫌な美園に尋ねてみると、笑顔のままで眉尻を少しだけ下げて「う～ん」と可愛くうなり始めた。その様子から判断すると、先ほどの驚きは失笑を買うようなものではないのだろうとわかって一安心だ。

「実はですね。牧村先輩からこうやってお誘いをいただいたのは、初めてなんです」

「いやいや。そんな訳……」

ある。満面の笑みで言う美園に対してまさかと思い返してみるが、自分から明確に誘ったことは無いような気がする。何より自分の性格を考えれば誘ったことが無いという言葉の説得力が段違いになる。

「だからびっくりしました」

ふふっと笑った美園はそこで僕から視線を逸《そ》らした。

「でも、嬉《うれ》しかったです」

少し照れくさそうな笑顔で付け加えられたその言葉が、僕の心臓の鼓動を速くした。花火大会に誘うなら今しかないのではないか。少なくとも一緒に帰ろうと誘われて嬉しかったと言ってくれている。

「じゃあ」

口を開くと美園の視線が僕に戻って来た。そのつぶらな瞳を向けられ、もしもそこに戸惑いの色が浮かんだらと想像してしまい、言いたかった次の言葉が出ない。

「……これからも誘っていいかな?」

「はい。お待ちしていますね」

ニコリと笑って少し首を傾けた美園の髪が揺れる。

どれだけヘタレだ僕は。今までは他人から言われてもあまり気にしなかったが、美園への好意に気付いてからは自分でも嫌というほどわかる。

「夜でも少し熱くなってきたな。風が吹いてちょうどいいくらいだよ」

夏の夜風に乗せて、内心を誤魔化しながら口を開いた。

「もうすぐ七月ですからね」

揺れる髪を押さえて呟《つぶや》いた美園が、どこか少し寂しそうに見える。

「実行委員の活動も、夏休み前は次で終わりですね」

「ああ、寂しくなるね」

そう。花火大会を抜きにして考えても、美園と過ごせる時間はこれから格段に減る。文実の活動はお盆明けから再開されるので、週末の飲み会が終わればお盆明けまでは美園には会えなくなる。もちろん大学構内ですれ違うことくらいはあるだろうが、その程度だ。気軽に声をかけて遊びに行ける同学年の友人たちとは違う。寂しくなるというのは偽らざる本音だ。

「そうですね。寂しく、なりますね」

だからこそ花火大会に誘いたかった。それなのに、上目遣いの美園に言いたいことはいくらでもあったのに、何も言えなかった。

◇◇◇

金曜。約束の時間より少し前に委員会室へ着くと、目的の人物は真面目に教科書を開いていた。

「あ、マッキーさん。お疲れ様っす。今日はお願いします」

「ああ。早速やろうか」

雄一の前の席に座り、後ろを向いて教える態勢を整える。

「どの辺を重点的にやりたいんだ？」

「んーそうっすね。遺伝子のあたりからで」

「最初からじゃないかそれ」

「せっかく教えてもらえるなら最初からやりたいなと思って」

「今日だけじゃ終わらなそうだな。また予定組むか」

「お疲れ様」

頭を掻《か》く雄一に、息を吐きながらそう伝える。どうせ試験まではある程度暇なので、自身の復習と考えれば大した手間ではない。

「ほんっと助かります。色々恩返ししますから」

「はいはい。文実の仕事と来年の一年に良くしてやってくれよ」

「それ以外でも任せてくださいよ」

笑いながら胸をドンと叩《たた》く雄一だが、それ以外で任せたいことは今のところ無い。

「え、構造式全部覚えるんですか？」

「ＤＮＡ、ＲＮＡと塩基くらいはね。別に立体構造全部頭に入れろとは言ってないし、楽勝だろ」

「ええ……まさかマッキーさんは立体構造まで完璧なんすか？」

「ああ。でも構造式と混成軌道を理解してれば必要な時に頭の中で組み上げればいいだけだし、覚えてなくても問題無いよ」

「そんなの出来る奴《やつ》がどれだけいると思ってるんすか……とりあえず構造式だけ頑張るっすよ」

「まあヌクレオチド全体で見れば確かに複雑に見えるかもしれないけど、リン酸とリボースと塩基に分けて見れば大して複雑じゃないからな。何回か書いてれば覚えるさ」

担当教員が去年と同じだというので、僕が持って来た去年の小テストと期末試験の内容をベースにして、雄一に分子生物学を教えている。雄一の理解力は悪くないのだが、基礎的な知識の量に難がある。

「試験じゃ結局知識が無いと何も出来ないからな。覚えるポイントに関しては絞り込むから、後は頑張れ」

「はいっす……」

腕時計に目をやると、開始から一時間ほど経《た》っていた。雄一も少し疲れ気味のようだ。

「一旦休憩にするか。飲み物買って来るけど、ブラックコーヒーでいいか？」

「はい。ありがとうございます」

口調の変わった雄一に苦笑しつつ、共通G棟前の自販機まで歩いた。自分の分の紅茶と雄一のコーヒーを買い、自販機から取り出したところで横から声をかけられた。

「こんにちは。牧村先輩」

「マッキーさん、お疲れです」

「ああ、こんにちは。委員会室に用事？」

昼間部の授業がある棟ではないので聞くまでもないだろうが、美園も志保も特に急ぎではなさそうなので話のとっかかりとして聞いてみる。

「はい。四コマ目が終わって、夕食まで少しお勉強しようかなと思いまして」

「私は美園が行くって言ったので付き添いです」

「普段から結構来るのか？」

いつも顔を出す訳ではないので、彼女たちが委員会室を訪れる頻度はわからない。志保は実家から通っているので空き時間によく顔を出すのかもしれないが、美園はあまり来るイメージが無い。二人一緒のことは多そうなので、志保に付き合って来るのかもしれないが。

「私は空き時間にたまに来ますね。教養科目が違うと友達とタイミング合わなくて、結構暇なんで」

「実家からだとまあそうだよな」

「美園は普段来ないんですけどね。私が誘っても乗り気じゃないくせに、今日は何故か行くって言い出したんで付いて来たんですよ。何故か」

「しーちゃん！」

繰り返しの「何故か」を強調する志保に、横でニコニコしていた美園が慌てて声を上げる。志保が「ごめんごめん」と笑いながら宥《なだ》めると、美園は「もうっ」と顔を赤くして拗《す》ねてしまった。そんな可愛《かわい》らしい様子の美園の頭を、志保が優しく撫でている。羨ましい。

「美園はどうして来ようと思ったんだ？」

「ええっと……あ、今日が前期の最後じゃないですか。記念にと思って」

目を泳がせた美園が、ちょうどいい答えを思い付いたというように手を合わせながら口にする。ツッコミどころは満載だが本人が言いたくないのなら追及する訳にはいかない。気になるけど。横でニヤニヤしている志保はきっと理由を知っているのだろう。

「そっか。とりあえず何か飲むか？」

「ありがとうございます。じゃあ紅茶で」

自販機を指差して尋ねると、志保はあっさりと乗ってきた。美園は少し迷っていたようだが、コインを投入して自販機の前に促すと、眉尻を下げて笑いながら志保と同じ紅茶を買った。

「牧村先輩。ありがとうございます」

この笑顔を見られるなら百六十円は安すぎる。

「とりあえず中入ろうか。雄一待たせてるし」

「はい」と「はいはーい」と、前半だけ声をハモらせた二人を伴って委員会室に戻ると、雄一は復活してノートに構造式を書いていた。意外とやる気があるようで安心する。

「その五角形とか六角形とか何？」

「おわ！　なんだ志保か」

「あ、ごめん」

集中していたところに突然声をかけられて驚いた雄一に謝る志保を横目に、「お疲れ」とコーヒーを渡してやる。「あざっす」と受け取った雄一は、先ほどまでいなかった二人を見て軽く手を挙げる。二人の方も雄一に挨拶をして、僕の隣に美園が、その後ろに志保が座った。

「私たちも横で勉強してますよ。ね？」

「はい。お邪魔にならないように気を付けますから」

「邪魔なんてことはないよ。な、雄一」

「むしろ俺が……いえ。問題無いっす」

「ん？　まあいいや。構造はまた自分で覚えてもらうとして、次は転写行こうか」

「了解っす」

勉強会はつつがなく進行したが、最初に思ったように試験範囲を全てカバーするにはまるで足りず、次の日程を決めてから四人で夕食を済ませ、全体会議へと臨んだ。

「合宿、楽しみですね」

　全体会議からの部会、担当会が終わり、今日も上機嫌な美園と一緒に帰っている。因《ちな》みに僕から誘ったところ、香はまた驚いていたが、美園は笑顔で迎えてくれた。

美園のことだから参加してくれるだろうと思っていた文実の合宿だが、言葉通りの楽し
そうな表情からは明確な参加の意志が見て取れて、内心でガッツポーズを決めた。

「そうだね。ところで、夏休みの帰省の予定はもう決まった？」

「はい。お盆を過ぎたらこちらに戻ろうと思います。牧村先輩はどうされるんですか？」

「僕はお盆もこっちかな。バイトのシフトでちょっとあって」

「大変なんですね」

「そうでもないよ」

　そう、大変なのはお盆のシフト自体ではなく、お盆にバイトに入らなければならなくな
った理由の方だ。だというのに花火大会には未《いま》だ誘えていない。猶予は今日までだと思っ
ている。それなのに、言葉が出ない。この機会を逃せば、明日の飲み会の後で美園に会え
るのは恐らくお盆明けの全体会議になる。

「あの、牧村先輩」

「ん？」

ぐるぐると同じ所で思考を巡らせてしまっていると、美園から声をかけられた。

「雄一君とは、またお勉強会をするんですよね？」

「ああ。次の木曜にやる予定だよ」

「それじゃあ」

美園が足を止めた。合わせて立ち止まると、彼女は正面から僕を見る。

「私とも一緒にお勉強会してもらえませんか？」

真剣な瞳が少しだけ潤んでいるように見える。

「喜んでと言いたいところなんだけど、僕が美園に教えられること無いんじゃないか？」

学科とは言わなくてもせめて学部が一緒だったなら、出来るかどうかはともかく僕から切り出したい話だった。だが僕は理学部生物学科で美園は人文学部社会学科と、まるで専攻が違う。教養で理系科目を選択していなければ、被《かぶ》るのは英語くらいではないだろうか。

「統計学で数学を使います。でもそれだけじゃなくて、牧村先輩と一緒だと集中できると思うんです。だから――」

「わかった。確かに誰かと一緒の方が集中出来るかもね」

自分で言って白々しいと思う。誰かと一緒の方が集中出来る、というのは確かにあるかもしれない。ただ、その相手が美園となると別だ。絶対気になって集中出来ない。しかしこれは願っても無い提案だ。花火大会へのお誘いを先延ばしに出来るという狡《ずる》い考えも浮かぶが、一緒にいられる時間を増やせることが何より嬉《うれ》しい。

「こちらこそよろしく頼むよ」

「はい！」

緊張の面持ちから一転して、美園が破顔する。

「いつにする？　七月に入れば文実の活動無くなるから、火曜と金曜は大体空くけど」

「ご迷惑でなければ、継続的にお願いしたいです。たとえば毎週金曜日に、とか。ダメでしょうか？」

「全然ダメじゃないよ。じゃあ毎週金曜でいいかな？　場所は――」

「私の家でどうでしょうか。ご飯も用意しますので」

おずおずと提案してくる美園の様子は可愛いし、あの手料理が食べられるというのは非常に魅力的だが、一つ懸念《けねん》がある。

「あくまで普通の食事で頼むよ。普段一人で作ってる時と同じで」

この子は多分、誰かに料理を振る舞おうとしたら気合が入るタイプだ。集中したいからと言って一緒に勉強する相手を求めているのに、料理に時間を取らせてしまっては本末転倒になる。

「せっかくなのでちゃんとした物を食べてもらいたいです」

「ダメ」

両手をクロスさせて否定の意を示すと、美園は拗ねて口を尖《とが》らせた。そんな様子が可愛らしくて、頬の緩みを抑えるのに苦労した。

◇　◇　◇

所属する文化祭実行委員の前期お疲れ様会当日、宮島《みやじま》志保は昼から親友の家に遊びに来ていた。実家から通学している志保にとって、夜からのイベントというのは家を出る時間が半端《はんぱ》になりがちなので、地味に面倒だ。そこを誘ってくれたのが親友、君岡美園だった。

「じゃあお昼から家に来ない？」という美園の提案に、志保は一も二も無く飛びついた。

更に約束をした時に「ピザ食べたい」と宅配注文をするつもりで言った志保に、美園は「あんまり作ったこと無いから期待しないでね」と言って、当日実際にピザを焼いてくれた。

「ごちそう様。すんごいおいしかったよ」

「お粗末様でした。良かったぁ、ちゃんと出来て」

最初の一口の時にも告げたが、食事が終わってからも志保が絶賛の言葉を口にすると、美園は安心したように笑った。ピザの性質上焼いている最中に味見が出来ないので、美園は焼き上がったピザをいきなり食べさせることに多少の抵抗があったようだ。志保は気にせず、半ば無理矢理美園にピザのカットを頼み、信頼の証《あかし》のつもりで美園より先にピザに口を付けた。

出来上がったピザは、宅配や店で出るような物よりは少し薄味で、油分が抑えられていた。これから夏を迎える志保（と美園自身）への配慮だと感じた。しかもそれでいて美味《おい》しいときている。

（女子力高過ぎて驚くわ、ほんと）

抜群の外見と普段の言動だけで、美園は学科でも文実でも異性からの圧倒的な人気を誇っている。そこにこの女子力を発揮する機会があれば、その相乗効果は如何《いか》ほどのものになるだろう。

「そう言えばさ」

志保はそこまで考えると、ふとその相乗効果を味わったことのある先輩の顔を思い出した。

「花火大会どうする？」

どうする、というのはもちろん、会場までどうやって行くかという意味である。志保はもちろん恋人の航一《こういち》と一緒だ。駅で待ち合わせて会場まで歩くつもりでいる。

志保は去年もこの花火大会に来ているが、美園は――恐らく牧村も――今年が初めてだ。向こうでは別行動するにせよ、会場までは一緒に行った方がいいだろう。そう思って以前志保から同行を提案していた。だと言うのに、この話題を出した瞬間、美園は露骨に視線を逸《そ》らした。三ヶ月足らずの付き合いではあるが、志保はこの親友が咄嗟《とっさ》に嘘《うそ》のつけない性格だということをわかっていた。

「まさか……まだ誘ってないの？」

美園に花火大会の日程を教えたのが六月の頭。学科の友人を交えて浴衣《ゆかた》を買いに出かけたのがその一週間後。真剣に浴衣と簪《かんざし》を選ぶ美園は、てっきり牧村との約束を済ませているものと思っていた。

「うん……」

気まずそうに肯定する美園を見て、志保はため息をついた。

「後一ヶ月ちょっとだよ？」

「だって……」

美園は視線を逸らしたまま気まずそうに指先を弄《いじ》っている。

「だって。花火大会に誘ったら、流石《さすが》に好きだってバレちゃわないかな？」

「は？　バカなの？」

「ひどい！」

思わず本音が漏れてしまった志保だが、美園の発言の意味がわからない。

「好きなんだからバレてもいいでしょ。付き合いたいんでしょ？」

むしろその方がさっさと付き合えるはずだ。牧村が現段階で美園をどう思っているかの確証は無いが、好意的に思っていることだけは確実だ。美園が「好きです。付き合ってください」と言えばまず間違いなく付き合えるはずだ。

「お付き合いはしたいけど……その前に好きになってほしいもん」

顔を真っ赤にした美園が、またも指先をもじもじとさせながら小さな声でそう言った。

（美園らしいと言えばらしいけど）

呆《あき》れかけた志保だが、美園の言いたいことがわからないでもない。お互いに好意を寄せ合って交際に至る、というのはある意味理想的な形と言える。それにこだわるのは中学生みたいだとも思わなくもないが。

美園が欲しいのは好意の代価としての好意ではない、ということなのだろう。なるほどと、志保は今まで疑問に思っていたことに答えが出たような感覚を内心で味わっていた。

「だからアプローチかけるにしても中途半端だったんだ？」

こくりと頷《うなず》いた美園は、確かに牧村に積極的に近付いてはいた。ただ、受ける印象としては牧村の傍《そば》にいられれば幸せとでも言った具合で、とても恋愛的に落としにいっているようには見えなかった。スキンシップなども、志保の見える範囲では無かった。

「でも、手料理作って部屋に泊まる方がよっぽど好きってバレるんじゃない？」

一応志保もその辺りの事情は聞いている。料理に関しては牧村が言い出したことだし、部屋に泊まることも牧村本人が「大したことじゃない」と言ったのが原因らしい。多分それ自体で好意がバレはしないだろうと思うが、とりあえずからかってみた。美園がぶんぶんと首を振っているので大成功だ。

「とりあえず花火大会は一緒に行きたいんでしょ？　マッキーさんの予定知ってる？」

「あ……知らない」

「じゃあとりあえず聞いてみようか？」

「え。どうやって――」

「まあ任せてよ。美園の名前出さずに聞くから」

牧村の予定のことを気にする余裕が無かったせいか、それに気づいて不安そうな美園をよそに、志保は牧村宛にメッセージを送る。

『航くんと花火大会行くんですけど、帰りにバイト先に寄りますね。幸せのおすそ分けです。どうせ出勤ですよね』

少しして牧村から返信があった。美園は両手を組んで、まるで祈りを捧《ささ》げるような姿勢をとっている。

『その日は休みだ。残念だったな』

勝ち誇ったような文面だが、牧村は志保の術中にまんまと嵌《はま》った。志保がスマホの画面を見せると、美園はぱっと顔を輝かせた。

「残る問題は、マッキーさんが他の子と約束してないかだね」

冗談めかして言ったにもかかわらず、美園の顔はあっさりと曇った。

「そうだよね。牧村先輩カッコいいし、優しいし。放っておかれないよね……」

それ自体は志保も否定しない。髪形を変えて以降はカッコいいと評して文句は出ないだろうし、誰にでも優しいとも思う。ただ、美園の評価はあまりに過大だ。

「はい」

志保は、美園の目の前に再びスマホを突き出した。先ほどのやり取りの続きがそこにある。

『じゃあ誰かと花火大会に行くんですか？　まさか一人でですか！』

『なんの予定も入ってねーよ！』

「良かったぁ……」

まるで合格発表で自分の番号を見つけたかのような安心っぷりに、志保は美園がこの後ガッツポーズでも取りはしないかと、割と真面目に思った。

「これで後は誘うだけだね」

「うん！　でも……」

ニヤリと笑って志保が言うと、美園は最初だけは威勢の良い返事をしたが、すぐにシュンとしてしまう。

「大丈夫。さり気なく誘えば、好きだってバレないから」

特に牧村は鈍いので。と志保は心の中で付け足した。

「そうかな？　うん……頑張る」

そんな美園を見た志保は、応援の気持ちも込めてもう一度牧村にメッセージを送った。

◇　◇　◇

土曜日、十八時から文実の前期お疲れ様会と言う名の飲み会がある。バイトも無いので午前の内に部屋の掃除や布団《ふとん》を干すなどの家事を済ませて昼食をとり終えると、志保からメッセージが届いていることに気が付いた。美園と一緒に花火大会に行きたくてバイトの休みを入れた僕にとって、非常にタイムリーな煽《あお》りのメッセージだった。あいつほんとにエスパーじゃないのか。

自分のヘタレっぷりも含めて少しだけ腹が立ったが、時間をおいて最後に届いたメッセージにはむしろ感謝さえした。

『飲み会の前、夕方には航くんの家に荷物置きに行くんでそのついでに寄りますね。もちろん美園もいますよ』

『書き忘れましたけど昼に美園が作ってくれたピザ持って行きます。お腹空《なかす》かせといてください』

午後は勉強と読書に充《あ》てるつもりだったが、まずはもう一度掃除と部屋の片付けをしよう。

部屋の時計とスマホの時計、PCの時計を順番に確認して十六時になったことに確信を持った。志保は夕方と言っていたが、正確な時間までは言ってこなかった。僕の感覚では夕方は十六時からだと思っているので、もう出迎える準備は済んでいる。髪もセットした。

飲み会の会場である合宿所まで歩く時間を考え、この部屋を出るのが十七時三十分と仮定すると、食事の時間も考えればそろそろ来るはずだ。そう考えて本に目を落とした。だが、本の内容はまるで頭に入って来ない。十分は経《た》ったかと思い時計を見ると、まだ二分しか経っておらず驚いた。こういう時の時間の流れは本当に遅い。どうやって時間を潰そうか頭を悩ませていると、玄関のチャイムが鳴らされた。

「はい！」

本を棚に戻し、急いで玄関まで向かってドアを開けると、志保が立っていた。志保だけだ、横にも後ろにも美園はいない。

「そんな露骨にガッカリされると流石に傷付くんですけど」

「あ、悪い」

「素直に謝られるとなんか凄《すご》い悪いことした気分です。とりあえずドアもっと開いてください」

呆れたような表情の志保に言われるがまま扉を百度から百五十度ほどまで開くと、その陰には美園が立っていた。少しだけ気まずそうな笑みを浮かべているが、それでも自分の鼓動が速くなるのが明確に自覚出来る。

「こんにちは。牧村先輩」

「いらっしゃい、美園」

「うわ、露骨。私ここに初めて来たのに、まるで歓迎されてないじゃないですか」

「そうだっけ？　まあいいや、とりあえず上がって」

二人の反応を見ると、志保発案の悪戯《いたずら》であることはわかる。不満げな顔をする志保に胡《う》乱《ろん》な視線を送りつつ、二人を招き入れる。

「はい。お邪魔しますね」

「お邪魔しまーす」

玄関のドアを閉め、二人を居室に案内してテーブルに促した。どこでも座れるようにクッションは四つ用意してある。志保は窓を背に、美園はその志保から見て右側、ベッドの手前の席に着いた。

「航くんの部屋とはちょっと違いますね」

「僕の部屋は角部屋だからな」

「あー」

納得がいったように部屋の中を見渡す志保を見てふっと笑った後、美園が僕へと視線を移した。手に持った少し大きめの、可愛《かわい》らしい模様をした紙袋を軽く持ち上げながら。

「牧村先輩。少し早いかもしれませんけど、ピザを温めても大丈夫ですか？」

時刻は十六時十分、夕食には早いが十八時からの飲み会のことを考えれば今の内に食べておくべきだと思う。それに、早く食べたい。

「お願いしてもいいかな？」

「はい。それじゃあレンジとトースターと、お皿をお借りしますね」

笑顔でそう言うと、美園はテキパキと支度を始めていく。

「勝手知ったる、って感じですね」

「ほんとにな」

今日は調理をする訳ではないからエプロンや髪形変更は無しのようだが、まるで通い妻のようだと都合のいい妄想をしてしまう。

「まるで通い妻ですね」

エスパーか。

「美園に失礼だろ」

自分のことを棚上げして志保をたしなめると、志保は「どうでしょうね？」と肩を竦《すく》めながら笑った。

「一応言っときますけど、あのピザ昼の残りとかじゃないですからね。予備で残しておいた生地と具で新しく焼いてくれたんですよ」

楽しそうに作業する美園を見ていると、横から志保が解説を挟んできた。僕としては仮に余り物でも大歓迎なのだが、わざわざ焼いてくれたというのはなおさら嬉《うれ》しい。

「しかし自分でピザ焼けるとか、改めて凄いな」

「女子力の塊ですよ、あの子」

「だよなぁ」

温められたピザの香りが漂って来て、レンジで温めたピザをトースターで少しだけ焼いた物が僕の目の前に出された。しかもスープまで付いてきている。先ほどの様子を見るに、水筒に入れて持ってきてくれたようだ。

「お口に合うといいんですけど」

「絶対合うよ。すんごいおいしかったですから」

少し不安そうな美園に、志保が太鼓判を押す。僕としてもその点は一切心配していない。早く食べたい、そして美味《うま》いと感想を伝えたい。

「じゃあ早速……二人の分は?」

そこで気付くが、ピザは僕の前だけ。二人の前にはスープのみしかない。

「私たちはお昼が遅めでしたから」

「スープだけでいいって話して来たんですよ」

「だから気にせずに、どうぞ食べてください」

「そういうことなら遠慮なく。いただきます」

ピザを一口、スープを同じく一口。指で摘まんだ感覚でも、油分が少なめなのはわかったが、デリバリーの物と比べあっさりとした味ながらも風味は強く感じられて、とにかく美味い。スープの方は、コンソメベースでこれまたさっぱりめでありながら不思議とコクがある。

「どっちも凄く美味いよ」

「良かったです」

「だから言ったじゃないですか」

ほっとした様子の美園と、何故《なぜ》か胸を張る志保。作ったのお前じゃないだろ。

美味《おい》しくいただいた後の片付けは、自分がやると言って聞かない美園を志保に任せ、僕が行った。僕の皿だけでなく美園が持ってきてくれたタッパーと水筒も洗ったが――

「美園。すぐ使う必要が無ければ、この水筒とタッパーは今日預かってもいいかな？　荷物にもなるだろうし」

キッチンから顔を出して、部屋の中の美園に声をかけると、彼女は笑顔で応じた。

「はい。お言葉に甘えさせてもらいますね。また取りに伺いますので」

「了解。大学帰りとか、連絡貰《もら》えればいつでもいいから」

「はい。ありがとうございます」

美園からついでに紙袋も受け取り、タッパーと水筒を元々入れられていたそれにしまってキッチンの隅に置いた。

「そろそろ行くか？」

「そーですね」

「はい」

予定よりも少し早いが、到着する頃には先着が何人もいるだろう。

「今日も席順はクジなんですかね？」

「多分そうだろうな」

僕の経験では、今までの文実の飲み会は全てクジで席順を決めている。そう答えると、尋ねてきた志保の横で美園が少し不安そうな様子を覗《のぞ》かせた。

「大丈夫だよ。二十分くらい経ったら私かマッキーさんのとこ来ればいいんだし。ね？」

「ああ。壁は任せてくれ」

それを聞いた美園は安心したように優しく目を細め、「お願いしますね」と言って小さな会釈《えしゃく》を見せた。

「でもやっぱり、最初から一緒がいいです」

少し残念そうに付け加えた美園に、そうだなと本心を言えず、志保が美園の頭を撫《な》でるのを黙って見守った。羨ましい。


「まだ試験が残っていますが、ひとまず前期お疲れ様でした。夏休みも活動がありますが、みんなで一緒に頑張っていい祭を作っていきましょう。乾杯」

委員長のジンが乾杯の音頭《おんど》を取り、皆が続いて前期お疲れ様会の開始となる。

会場を見渡すと十人ほどのグループが五つからスタートしているので、実行委員の約半数が参加している計算になる。残念ながら僕は美園とは別のグループになった。彼女のグループを見ると男女半々くらいだったので、最初の内はそれほど囲まれて困るようなことにならなそうでひとまずは安心した。

「よおマキ。飲んでるか？　余所見《よそみ》してんなよ」

「まだ始まったばっかだろ」

乾杯と同時に最初の一杯を飲み干したサネが早速絡《から》んでくる。こうやって近い人間を巻き込みつつ輪を広げて行くのがコイツのやり方で、そのおかげでサネが中心となる輪からは漏れる奴《やつ》がいない。これで年上趣味が無ければ結構モテるのではないかと常々思う。

「お疲れー」

「あ、サネさん。お疲れ様です」

僕の肩に手を置いたまま、サネは僕の隣の一年の女の子――広報の子だと記憶している――に声を掛けていく。

「こいつ牧村って言うんだけどさ、最近色気づいて髪形変えたんだよ」

今回は僕をダシに輪を広げるつもりらしい。一年生とあまり絡めていない僕への配慮もあるのかもしれないが、少しは言い方を考えてほしい。内容があまり間違っていないだけに否定がしづらいのも悔しい。


「マッキーさんてあそこのファミレスでバイトしてますよね？」

「ああ。この間来た子か」

「そーです。あの時はよく知らなかったんですけど」

「僕はキャラ濃い方じゃないからしょうがないよ」

サネの作った輪の中で話をしていたら、六月の頭に美園と一緒に僕のバイト先に遊びに来た子が話しかけてきた。逆にあの時の僕も、この子のことは文実の一年生だとわかるくらいしか知らなかった。今もあまり変わらないのは黙っておく。

「あれ。そう言えば最初からこのグループにいたっけ？」

「違いますよ。私のグループばらけてきたんで、隣のこっちに来たんです」

「へー」

そこまで聞いてさり気なく腕時計に目を落とすと、十八時十七分だった。元のグループの境が無くなり交ざり合ってしまうまではまだ少し猶予があると思っていたが、周囲を見ると全体的にかなりバラけてきている。

嫌な予感がして美園がいた方を見るが、彼女の周りには既に大勢が集まっていた。集団で見ると会場内で一番大きい。中心にいる美園はあまり顔に出てはいないが、僕には困っているように見えた。壁になるつもりでいたのに、情けないことに結局以前と同じ状況になってしまっている。

助け出すなどと大仰なことを言うつもりは無いが、フラットな状況には戻したい。少なくとも美園本人がこの場を楽しめるようであってほしい。

「ちょっと電話してくる」

スマホを取り出してサネに声をかけ、返事も待たずに席を立った。広間の出口へと歩く途中、目の合った美園にスマホを軽く振ってみせると、ほんの小さな首肯があったのでそのままコール。

『はい。君岡です』

十秒ほどして、スマホの向こうから聞きたかった声が届いた。美園らしい丁寧な口調ではあるが、その可愛《かわい》らしい声がほんの少し弾んでいるのがわかる。

「適当に相槌《あいづち》打ちながら、電話してきますって言って抜けて来られる？　踊り場にいるから」

『はい。わかりました』

電話を切って待っていると、すぐに階段の上から美園が現れた。

「牧村先輩」

「ごめんね、呼び出して」

「いえ、ありがとうございました」

踊り場まで下りてきてほっとしたように笑う美園を見ると、顔がほのかに赤い。

「もしかして飲んだ？」

「………少しだけ」

「下で休もう。階段気を付けて」

「えっ？」

美園の手を取って、踊り場から残り半分の階段をゆっくりと下りる。少しだけ、そうは言っても彼女はアルコールに弱い。慎重に一階のソファーに向かう途中、何度か話しかけたものの美園からはおぼろげな反応しか返って来なかったし、顔も真っ赤になっていた。

「大丈夫か？　ほら、座って。水持ってくるから」

「あ……」

ソファーに座らせて手を離すと、美園は赤い顔のまま寂しそうに僕を見た。

「大丈夫。すぐ戻って来るよ」

「すみません」

「気にするなって」

申し訳なさそうに俯《うつむ》く彼女に努めて明るく声をかけたが、続いたのは再びの謝罪の言葉。

「ごめんなさい……嘘《うそ》なんです」

「嘘？」

「お酒は飲んでいません。すみませんでした」

「顔真っ赤だけど。僕に気を遣わなくてもいいよ」

「いえ、その……それは別件です、多分」

意図はわからないが、申し訳なさからか美園は小さくなってしまっている。そんな彼女の横に腰を掛け、笑って見せる。

「よくわからないけど、ほんとに飲んでないんだったら良かったよ」

「怒らないんですか？」

「ちょっと心配はしたけど、別に怒るようなことじゃないよ」

それに今思い返すと、どさくさに紛れて美園の手を握った。もちろん邪《よこしま》な考えがあってのことではなかったが、完全な役得だと言える。思い出すとニヤケそうになるので頬に力を入れなくてはならない。

「でも――」

「でも美園が嘘つけるなんて意外だったな」

「え？」

「だって、美園は誤魔化そうとするたびにあたふたしてるからさ」

そんな様子も可愛くて微笑《ほほえ》ましいので、思い出して自然と笑みがこぼれる。

「私だって、ちゃんとこう言おう、って思っていたことなら言えるんですよ」

僕が笑ったからだろう、美園は拗《す》ねたように唇を尖《とが》らせ、じぃっとこちらを見る。

「そうなんだ。覚えとくよ」

軽く笑ってそう応じると、美園は「もうっ」と言って視線を外してしまった。そんな彼女の様子を幸せな気持ちで眺めていると、ふとあることに気が付いた。

「じゃあ、さっきの嘘は言おうと思ってたってことか」

「あ」

「なんで？」

長い付き合いではないが、美園はわざと人を騙《だま》そうとする子ではない。軽い冗談のつもりだったのだろうし、彼女からしたら僕に対してそのように接して大丈夫だと思ってくれてのことだろう。心配はしたけれど、その信頼が嬉《うれ》しい。手を握ったことを抜きにしてもだ。

「ええと。言わないとダメですか？」

「言いたくないなら言わなくてもいいよ。僕は心配したけど」

「うぅ……わかりました」

冗談めかして言ってみると、美園は観念して口を開いた。出てくる理由はきっと可愛らしいものだろうと思う。

「心配してもらおうと思って」

「僕に？」

他に誰もいないのだから当たり前の答えなのだが、美園はこくりと頷《うなず》いた。

「だって……牧村先輩は、私のことを守ってくれるって言いました」

そうは言ってない気がする。気持ちとしてはもちろんそうだったけど。

「なのに他の子とばっかり話していて、だから……」

口を尖らせる美園を可愛いと思う、と同時に申し訳なく思う。あれだけ囲まれては自分から抜け出すことも出来ず、不安だっただろう。壁になると宣言したはずの僕が役立たずでは、可愛らしい意趣返しくらいはしたくなって当然だ。

「でも。牧村先輩にご心配をおかけして、本当にすみませんでした」

「いいって、気にしなくて」

再び小さくなってしまった美園だが、始まりは小さな悪戯心《いたずらごころ》でしかないというのに、僕が過剰に心配してしまったのが悪かった。

「それよりこっちこそごめん。この後はちゃんと壁になるから」

「いいんですか?」

美園がおずおずと聞いてくるが、元からそのつもりだし、不安に付け込むようで悪いが、何より僕が隣にいたい。

「もちろん」

「それじゃあ、お願いしますね」

落ち込んでいても美園は可愛い。でもやはりこうやって笑った顔の方が、ずっといい。

「今日はずっと隣にいてください」

「喜んで」

そう答えると、「ありがとうございます」と花が咲いたような笑みが返ってくる。美園らしい、楚々《そそ》とした魅力のある愛らしい笑みだ。笑顔の方がずっといいと思っているのに、心臓に悪い。

「じゃあそろそろ、戻ろうか？」

逸《はや》る気持ちを誤魔化しながら階上を指差す。二人で過ごす時間を惜しく思うが、僕一人が美園の時間を貰《もら》うことは出来ない。

「もう少しここにいたいです。ダメでしょうか？」

元から一緒にいたい僕としても実際そうしたいし、相変わらず上目遣いの威力は高い。しかし――

「せっかく参加したんだしさ。このまま女子集団に入れば平気なんじゃないかな？」

戻ったらまた囲まれるという不安はあるのだろうが、せっかくの場なので美園にも楽しんでほしいと思う。

「そうかもしれませんけど……」

美園は不安げ、と言うよりも不満げに口を尖らせた。僕だって、自分の欲求を抑えて先輩としての仮面を被《かぶ》っているだけだ。そんな表情を見せられては、取っ払ってしまうしかなくなる。

「わかったよ。もうちょっとここにいようか」

「はいっ。ありがとうございます」

浮かせかけた腰を再び下ろすと、美園の顔がぱっと輝く。

「しかし何か対策考えないと、女子同士で絡《から》みにも行けないな」

「それに関しては大丈夫ですよ」

美園を労《ねぎら》うつもりでの発言だったが、彼女はけろりとした調子でそんなことを言う。意外に思った僕がその顔を見つめると、少し照れたように言葉を継いだ。

「香さんとしーちゃんのおかげで、女子会のお誘いは結構ありますから」

「へえ」

既に僕より交友関係広そうだな。

「他にも若葉さんがよく気にかけてくださいますね」

「若葉が？」

若葉は確かに面倒見たがりではあるが、その相手は選ぶという印象があった。

「若葉さんは学科の先輩なので」

「そう言えば若葉も人文学部社会学科だったか」

「はい。私とはコースは違いますけど」

「人社って中でコースに分かれてるんだ」

「はい。私は心理学コースで、若葉さんは社会学、しーちゃんは人間学コースです」

「へえ、心理学か」

心理学、と聞いて思い浮かべたのは一人の少女のことだった。

「心理学って教育学部だと思ってたよ」

「そちらは教育心理学の方ですね。社会学科って、知らない人からするとよくわからないですよね」

そう言いながら苦笑する美園を見て、もしかしたらあの子と美園は同じ学科かもしれない、という考えが浮かぶ。彼女はここが志望大だと言っていたが、合格は出来ただろうか。今、楽しく過ごせているだろうか。

「美園。人社に……いや、やっぱり何でもない」

尋ねてみようかと思ったが、改めて考えると今聞いて何になるというのか。お互いに名前すら知らないのだから、僕の自己満足でしかない。

「どうかしましたか？」

怪訝《けげん》な表情で問う美園に、「なんでもないよ」と返すと、彼女は可愛《かわい》らしく首を傾《かし》げた。頭を撫《な》でたい衝動に駆られるが、必死でそれを抑えた。

「しかし対照の取り方といい、聞けば聞くほど理系科目だな」

「そうですね。文系の学部なので、みんな統計で使う数学で苦労しています。私もですけど」

あれから、お互いの学科と学んでいる内容の話に花を咲かせていた。美園は専門用語をあまり使わず、かみ砕いて彼女の専攻について話してくれた。一年生の前期なのでまだ概論中心とのことだったが、彼女自身がこれから学ぶことについてしっかりとした考えを持っているらしく、門外漢の僕にも興味深い内容だった。

話の切れ目でふと時計に目をやると、飲み会の時間はそろそろ残り半分になるかという頃で、楽しい時間の過ぎる速さを痛感する。

「もうすぐ十九時か」

「もうですか？」

後に続くであろう僕の言葉を予想したのか、美園はほんの少しだけ眉根を寄せた。僕としても断腸の思いだが、流石《さすが》に終わりまでの一時間三十分も彼女を独占してしまうのは申し訳無い。

「三十分以上離れたし、さっきの集団も解散してるよ」

「そういうことじゃなくてですね……」

「ん？」

ぽつりとこぼすような美園の言葉の意図を問おうとしたところで、階段の方から声が聞こえた。

「美園ー」

「君岡さーん」

男の声が二人分。一向に戻らない美園を探しに来たといったところだろうか。

僕たちが座っているソファーは、一階のキッチンスペースの奥にあり、階段を下りてトイレに向かう途上からは死角になっている。ただ、探しに来たとなれば話は別だろう。

隣の美園は既に困った顔になっている。連れて行かれないにしても、戻るという言質《げんち》を取られるかもしれない。彼女自身がきっぱり断るというのも、迎えに来た集団の中に二年生がいては中々難しいだろう。

「寝たフリでもする？」

美園が寝てしまったと言えば彼らも無理に起こそうとはしないだろう。距離を詰めたくて来ているのに、嫌われるような真似《まね》はしないはずだ。

「適当に僕が相手しておくから」

「でも――」

「あー。美園に寝たフリは無理か」

「そんなことありません。出来ますよ」

からかうように笑うと、美園は拗《す》ねた。こういう意外と子どもっぽいところも可愛くて仕方ない。

「じゃあ、寝ますから」

そう言って美園は、目を瞑《つぶ》って僕の左肩にこてんと頭を預けた。

「あ、おい、ちょっと」

ふわりと香る髪の匂いに、心拍が一気に上がるような感覚を覚える。左肩に耳を当てた美園に、この音が届いてしまわないかと心配になってしまう。

「リアリティー重視です。しっかりとお願いしますね」

意趣返しですと言わんばかりに、美園は片目だけ開いていたずらっぽく笑う。からかったつもりが逆に手のひらの上で転がされてしまった。

そうこうしている内に、美園を探す声の主はこちらに気付いて近づいて来た。一人は以前から美園のことを気にしていた——飲み会に彼女が参加するかを聞いて来たあいつ——一年生。名前は確か島田《しまだ》、流石に何度も話して覚えていないのは悪いと思ったので雄一に聞いた。

もう一人は高い身長と整った端整な顔立ちが印象に残っている一年生。話したことも直接名前を聞いたことも無いが、よく女子の話で名前が聞こえる長瀬《ながせ》だろう。同じイケメンでも、甘い印象を受ける康太《こうた》と違って、クールというかシャープな印象を受ける。

「あ、君岡さん！」

美園を見つけた島田が少し大きめの声を出したので、僕が人差し指を口の前に立てるジェスチャーをすると、彼は慌てて口を塞いだ。実際のところ美園は起きているのでその必要は全く無いのだが。

「寝ちゃったんですか？」

静かな声で尋ねてきたのは長瀬。迎えに来た美園が寝てしまっている——しかも僕の肩に頭を預けて——ので少し残念そうではあるが、隣で露骨に残念そうにしている島田と比較すると慣れのようなものを感じる。

「ああ。ちょっとお酒飲んじゃったみたいで、僕が下に来た時にはウトウトしてたよ」

大嘘《おおうそ》だが手っ取り早いだろう。

「起きたら上に連れてくよ」

だから今は放っておいてくれ。言外にそう言う意図を込めた。

「代わりましょうか？」

「ほら、俺たち同じ一年なんで」

長瀬はあくまでスマートに聞いてきたが、その後に続く島田の必死さがそれを台無しにしている。

「こういうのは先輩に任せとけって。それに美園は同じ担当の後輩でもあるし」

僕が先輩であることを強調して、その上で任せろと言った。後輩に対して中々卑怯《ひきょう》な手だと思うが、そうまでしてでも今この場所を譲りたくはない。

「あと、これじゃ代わりにくいだろ？」

苦笑してみせながら肩に乗った美園の頭を指差した。この状態で僕がどいたら彼女を起こしてしまうかもしれないと思わせられる。美園が頭を預けたのには意趣返しだけでなくこういった意味もあったのかと、内心で感心した。

「でも――」

「いいよ、彰《あきら》。先輩に任せて戻ろう」

食い下がろうとした島田を手で制し、長瀬は僕を見た。

「じゃあ牧村さん。美園のこと頼みますね」

「ああ、任せてくれ」

そのまま僕に会釈《えしゃく》をして二人は二階に戻って行った。島田は何度かこちらを振り返っていたが、長瀬は去り方もスマートだった。一歳年下だと思うが、何と言うか立ち居振る舞いに余裕がある。

二人の後ろ姿が見えなくなったところで、美園に「行ったよ」と声を掛けようと思って首を回すと、美園の寝顔――偽物《にせもの》だが――が目に入った。左肩に彼女の頭が乗った状態なので、割と首に無茶をさせているが、その顔から目が離せない。

超一級品の人形のように整った顔立ちは既に知っているが、これだけの至近距離で、しかも目を瞑った状態の彼女を見るのは初めてだ。大きな瞳を縁取る睫毛《まつげ》が長いことはわかっていたが、こうまでも長く、艶《あで》やかであることを今知った。肩にかかる心地の良い重みと、改めて意識させられるほのかに甘い香りが合わさって、僕の心拍をこれでもかと速くする。もう少しだけ見ていたい気持ちも強いが、これ以上続けると心臓と首に悪影響が出そうだ。ただ、美園の方にもちょっとした悪影響があったようだ。

「恥ずかしいならやめとけばよかったのに」

普段透き通るように白い肌に、今は少しだけ朱が差している。飲酒の影響という意味で、あの二人に対していいカモフラージュになったのではないだろうか。

「大事なことだったんです」

赤い顔のまま、目を開いた美園が恥ずかしそうに口を尖《とが》らせた。

「まあ確かに。これがあったから言い訳もしやすかったしな」

「そうじゃないです」

僕の肩に頭を預けたまま、美園は小さく呟《つぶや》いた。

美園を探しに来た二人が戻ってから二十分ほど、僕は意図して彼らの話題には触れなかった。年下相手に大人げないが、癪《しゃく》だった。

『サネさんと話して二次会はマッキーさんの家を開けてもらうことに決まりました』

そんな時、スマホが震えたので確認をしてみると志保からメッセージが届いていた。

『家主の許可は取ってあるのか？』

今日は存分に掃除もしたので開けること自体は構わないが、その話は初耳だ。

『任せてください』

何が任せてくださいだ。そう返信しようと入力を開始した時だった。

「あ、すみません。電話です……もしもし、しーちゃん？」

美園が僕に断って電話に応答する。お相手は志保のようだが、「うん、うん」と相槌《あいづち》を打つ美園が「え！」と大きな声を出したと思ったら、嬉《うれ》しそうな様子で「うん。私も行く」と続けて、「それじゃあまた後でね」と締めて電話を切った。

「二次会は牧村先輩のお家《うち》なんですね。楽しみです」

キラキラとした笑顔が僕に向けられた。

『家主の人の許可は取れましたか？』

『取れたよ』

ウザい顔をしたウサギのスタンプに、そう返すしかなかった。


「去年の話とか聞きたいです」

二次会会場の僕の部屋に集まったのは、僕を含めて八人。僕、サネ、ドク、隆の二年男子が四人。美園と志保を含めた一年女子が四人という構成だ。適当に始まった二次会もそれなりにいい時間になって来た頃、一年生から去年の話を聞きたいとの声が上がった。

「そうだなー」

そう言ってサネが話し始めた内容を、二年生皆で補足していく。基本的には無難な思い出話だが、たまにここにいない奴《やつ》の笑える失敗談などが交ざる。文化祭本番が近くなると、忙しさと疲労と睡眠不足により言動に支障を来す者もそれなりに出てくる。流石に本格的にヤバいところまで支障が出る前に周りが休ませるため、基本的には誰も笑えるレベルの失敗で済んでいるが。

「ここにいる人たちには何かそういう面白いの無いんですか？」

一年生から何気ない、他意の無い質問が飛んでくるが、僕以外の二年生は全員目を逸《そ》らした。サネはさり気なく、ドクと隆は割と露骨に目を逸らした。

「あるんですね？」

それに目ざとく反応したのは志保だ。

とはいえ二年生は皆歯切れが悪い。お互いにお互いの秘密を握り合っているので、迂闊《うかつ》に他人の秘密を喋《しゃべ》ると自分も道連れになるからだ。

「牧村先輩にもあるんですか？」

隣に座る美園が興味津々《きょうみしんしん》と言った様子で尋ねてきたが、僕にはその辺の失敗談は無い。

「こいつらと違って僕には無いよ」

「そうなんですか」

美園は残念そうでもあり、ほっとしたようでもあり、というような複雑な表情をしている。

「ほら、あんなこと言ってますけど、あの人の恥ずかしい話とか無いんですか？」

「そうは言っても、マッキーの失敗は知らないかな」

「そうだねえ」

面白がる志保に反して、隆とドクの反応は鈍い。実際に無いのだから仕方のない話ではある。

「じゃあ一番疲れてる当日なんかも何も無かったんですか？　ほんとに？」

「なんでそんなに必死なんだよ。当日はシフト入ってない時も割とずっと見回りしてたから、余計に恥ずかしい話なんて無いぞ」

そう言って志保を見ると、何故《なぜ》か微妙に生暖かい視線を向けられているのに気付いた。他の一年生二人も同様、違うのは美園だけ。

「やめろ。この人友達いないんだ、みたいな目で見るのはやめろ」

その頃にはちゃんと友達はいたんだ。単に時間が合わなかっただけだ。恥ずかしい失敗をしていなかったはずの僕が、何故か今一番恥ずかしい思いをしている。

「あー。そういや、一ステのテントに差し入れくれたっけな」

そんな状況を見かねたのか、サネが「思い出した」と言って続けた内容は僕もよく覚えている。ナイスフォローだ。

「あれ最終日だったよな？」

「そうだよ」

あの子を理学部B棟の屋上に連れて行く前に、模擬店で買った物を荷物になると思ってサネに押し付けた時のことだ。

「マキが不味《まず》そうにクレープ食ってたのが印象的で覚えてるわ。ちょうど一ステみんな腹減ってたから助かったんだよ」

「牧村先輩。あのクレープを食べたんですね」

横の美園が、誰かに聞かせる訳でもないような小さな声で呟いた。僕が甘さ控えめを好むことを彼女は知っている。そんな僕が生クリームの塊であるクレープを食べていた、というのは意外だったのかもしれない。

「まあね。色々事情があってさ」

流石《さすが》にあの子の食べかけを差し入れる訳にもいかず、かと言って出店者がせっかく作った物を捨てるのもためらわれたので、結局僕が食べた。ドギツイ甘さだったことを覚えている。好みでない食べ物を女の子の食べかけだから食べた、と思われるのは嫌なのでこれは言わないでおくが。そうやって誤魔化しつつ美園を見ると、彼女は顔を真っ赤にして俯《うつむ》いていた。

「大丈夫？」

返事は無い。美園は俯いたまま赤い顔でぽーっとしている。彼女が間違っても酒を飲まないよう、僕も志保もコップは美園から離して置いておいたので、この状況は酔ったからではないと思う。

「美園、大丈夫？」

反対側の横に座る志保も、様子がおかしいと思ったのか美園の肩を揺すった。

「きゃっ」

「あ、ごめん」

面白いくらいにびくんと震えた美園が声を上げると、当然ながら室内の注目は彼女に集まる。

「あ。あの。何でもないです。すみません、ちょっとぼーっとしちゃって」

「大丈夫か？　顔赤いけど風邪とか引いてないか？」

赤い顔のまま、焦《あせ》ったように首を振る美園を、他の皆も心配そうに見ている。

「いえ、本当に大丈夫です。ちょっとのぼせちゃったみたいなので、風に当たって来ます」

早口でそう言うと、美園はベランダに出て行ってしまった。一瞬だけ開いた窓からは、冷房の利《き》いた室内よりは少しだけ暖かい風が入って来た。

「大丈夫か？」

「だと思いますよ。昼間から一緒ですけど普通でしたし、それに風邪ひいてたら来ないでしょうし。少し放っておいてあげてください」

「確かにそうか」

誰かにうつす可能性があればあの子は来ないだろう。少し心配だが、志保は何やら察しているようなので、その言葉に従うことにした。

志保の言う通りやはり杞憂《きゆう》だったようで、美園は数分で元通りになって戻って来た。

「ご心配をおかけしてすみませんでした」と言った彼女は、完全に普段通りで安心した。

とはいえその時点で二十三時を回っており、事前の買い出し分もほぼ尽きて来たので、それから間もなくして解散の運びとなった。

「体調は大丈夫？」

「はい。ご心配をおかけしましたけど、問題ありませんよ」

いつも通り美園を送る道の途中、志保の言葉に納得はしていたが、万が一があっては嫌なので念のため尋ねてみると、美園は明るく答えた。

「来週はお勉強会もありますし、体調管理はバッチリです」

「それなら良かったよ」

美園は胸元で小さなガッツポーズを取って見せた。そんな彼女に安心しつつ、自然と頬が緩む。

「時間は十八時でいいんだよね」

「はい。お夕食を作りますので、食べてから始めましょう」

「くれぐれも普通ので頼むよ」

「数学を見てもらう訳ですから、お礼の先渡しということで」

「あんまり豪華な物作ってもらうとなると行きづらくなるから、ほどほどで」

「それは困りますね」

美園は全く困っていなそうに笑うが、僕としては割と真面目な問題だ。週一で一緒に勉強会が出来て、なおかつ手料理までご馳走《ちそう》になれるという望外の機会なので、それ以上多くは望まない。負担になって勉強時間を削ってしまうようなことがあってはならない。

「そんなに心配しなくても大丈夫ですよ。ちゃんと普通のお料理でお迎えしますから」

表情を読まれたのか、美園は苦笑しながら僕を見て、「信用無いんですね」と拗《す》ねてみせた。「信用してるからこそだよ」と言って笑い返すと、美園は「何ですか、それ」と嬉しそうに笑った。

二章

「ごちそう様でした」

「お粗末様でした」

　待ちに待った金曜日、勉強を始める前に美園《みその》から手料理のもてなしを受けた。何度も念を押したこともあってか、恐らく一般的と言える品を出してもらえた。味の方はいい意味で一般的とは言い難《がた》かったが。

　白米に豆腐とわかめのオーソドックスなみそ汁、鶏《とり》の唐揚《からあ》げにキャベツの千切り、それからナスのマリネ、どれを食べてみても僕のボキャブラリーでは「美味《うま》い」しか言えなかったが、そこは回数でカバーした。出来ていると良いなと思う。

「片付けをしてきますので、ゆっくりしていてください」

「手伝うよ。問答無用で」

　食器を下げてくれようとした美園を制して自分の分は自分で運ぶと、彼女は眉尻を少しだけ下げながら嬉《うれ》しそうに笑った。

「はい。それじゃあお願いしますね」

「ああ」

１Ｋの僕の部屋と違い美園の部屋は１ＤＫなので、ダイニングキッチンに食事専用のテーブルがあるだけでなくキッチン部分その物も広い。ＩＨコンロが二口あるし、調理スペースも流しの広さも僕の部屋の倍はあるので、手伝っても邪魔にならない広さがあった。考えてみると、狭いわガスコンロが一口しかないわで、美園は僕の部屋でよくあれだけの料理が作れたものだと思う。改めて感心させられる。

美園が洗った皿や鍋を受け取ってすすいで拭いていると、ふと横から鼻唄が聞こえてきた。楽しそうな美園は恐らく無意識なのだと思う。指摘したら止《や》めてしまうだろうという確信があったので、緩む頰を出来るだけ引き締めて幸せな時間に浸らせてもらうことにした。

食後の休憩を少し挟み、ダイニングからリビングのテーブルへと場を移し、本来の目的である勉強会の開始となった。

「とりあえず数学からやる？」

「いいんですか？」

以前美園は数学を見てもらいたいと言っていたので、今日はそのつもりで来た。一応自分の教科書も持って来てはいるが、もし彼女に苦手な分野があるならさっさと潰してしまうに限る。

「牧村《まきむら》先輩のお勉強はいいんですか？」

「あと三週間あるし問題無いよ。むしろ教えさせてくれないと、一飯の恩が返せない」

冗談めかして言ったが、あの食事をごちそうになったお返しとしては、まだ足りないと思う。

「それじゃあ、お言葉に甘えます」

はにかんだ美園は、自分のデスクから『統計のための数学』と書かれた教科書とノートを持ってくると、つい今までいた向かいではなく、僕から見て右側の席にそれを広げた。

「ん？」

「見てもらうのならこの場所の方がいいと思います。私は右利《き》きなので、反対だと手で隠れちゃいますし」

「それもそうか」

僕は自分の教科書を広げる必要が無いのでお互いに邪魔にはならないし、向かいに座るよりは内容が見やすい。

「まずは微分と積分を見てもらってもいいですか？」

「了解。とりあえずセンター試験までは微積やってるんだよね？」

「はい。あんまり得意じゃありませんでしたけど」

気まずそうに言う美園に少し安心する。この子があんまり得意ではないと言うのなら、けっしてまるでわからない訳では無いだろうから。

「まずは基本的なところからおさらいしていこうか。統計はよくわからないから、必要無さそうなこと言ったら教えてくれると助かる」

「いえ。せっかく見ていただけるので、何でも教えてほしいです」

「了解。じゃあまずは微分から――」

あんまり得意じゃないと言った美園だったが、少なくとも数Ⅱの範囲で使うであろう微分の初歩部分は、文系の彼女としては十分過ぎる理解度だった。理系でも専攻によっては数学が苦手な奴《やつ》もいるというのに。

「んー」

普段はデスクで勉強をしているであろう美園は、慣れないテーブルでの勉強で肩が凝ったのか、腕を伸ばして少しだけ体を反らせた。

「あ、ごめんなさい」

「いいよ。気にしないで」

むしろ謝るのは僕の方だ。美園が伸びをしたことで強調された体のラインに視線を奪われてしまった。良くないとわかっていてなお、目を逸《そ》らせなかった。

「あ、じゃあ、おさらいで問題でも解こうか？　パソコン借りて良ければ適当な問題拾ってくるよ」

「はい。電源は入っていますのでどうぞ。あ、パスワードを入れますね」

内心を誤魔化すためにデスクに目を向けると、何やら鮮やかな色が目に入った。

「これ……」

色の正体は、僕が美園を誘いたかった花火大会、そのホームページを印刷した紙だとわかった。

「あ」

僕より一歩遅れてデスクに辿《たど》り着いた美園は、僕の視線の先に気付いたようだ。

「花火大会か。行くの？」

内心絶望的な気分だった。トップページと会場周辺地図、に加えてアクセスマップがセットでプリントアウトされているのだから、そんなことは聞かなくてもわかる。もう七月に入ったのだから月末の花火大会の予定が既に決まっていても何もおかしくはないし、美園にならお誘いもいくらでもあっただろう。僕は今、どんな顔でどんな声を出しただろう。平静を装《よそお》ったつもりだが、出来ていただろうか。

「ええと。行きたいなとは思っているんですけど……」

何となく、美園の声にためらいのようなものを感じてゆっくりと首を回すと、胸元で手のひらを合わせた彼女が、気まずそうに視線を外していた。

「予定入ってないの？　たくさんお誘いありそうだけど」

言ってしまってから、言葉に棘《とげ》があったかもしれないと反省したが既に遅い。

「いえそんな。この辺りからでも場所によっては見えるそうなので、一年生で集まろうか、というお話はあったんですけど……その」

僕の反省を余所《よそ》に、美園は特に気にしていないように見えてほっとした。そして続く言葉で心拍は急上昇することになる。

「会場で見たいなと思ってお断りしましたし、お友達も都合が合わないので、予定は入っていないんです」

僕を正面から見てきっぱりとそう言った美園を、僕も正面から見据える。今しかない。

「じゃあ――」

「だから——」

美園も何か言おうとしたらしく、最悪のタイミングで被《かぶ》る。こうなると二度目は中々言いづらく、目を丸くしたままの美園と顔を合わせたままでいると、彼女は優しく目を細めてふふっと笑った。

「緊張がほぐれました」

そう言ってから元々綺麗《きれい》だった姿勢を更に正し、同時に可愛《かわい》らしい顔が真剣みを帯びた。

「牧村先輩。一緒に行きませんか？　花火大会」

「……………ああ」

自分の喉が小さく鳴るのがはっきりとわかった。声が震えるのではないかと思ったが、そうはならなかった。

「僕で良ければ、喜んで。誘ってくれてありがとう」

喜色を示す目の前の後輩の笑顔が、緊張を消し飛ばしてくれたから。

「はい。こちらこそ、ありがとうございます」

「当日は浴衣《ゆかた》を着て行きます」

正直凄《すご》く見たい。だが浴衣となれば多少は動きにくいだろうし、買うとなれば余計な出費にもなる。あまり無理はしてほしくない。それを口に出そうとして、別に僕に見せるために着る訳ではないという当たり前のことに思い至る。会場で花火が見たいと、そう言っていた美園が花火を見るのに浴衣を合わせたい、というのは自然なことに思えた。浮かれきって自惚《うぬぼ》れていた自分の思考を正し、楽しそうな美園に「楽しみだよ」とだけ伝えると、彼女は「任せてください」と嬉しそうに笑った。

「美園は地元で花火大会とかは行かなかった？」

「そうですね。子どもの頃には行ったことがあるみたいなんですけど、大きくなってからは無いですね」

あるみたいということは、花火大会の思い出は無いのだろう。

「人が多い所はあんまり得意じゃありませんし」

「大丈夫？　こっちの花火大会も結構混むと思うけど」

苦笑しながら言う美園に、観客が五十万人を超えるという花火大会の情報を思い出す。

「大丈夫です。今年は特別なんです」

一転して自信満々に宣言する美園に「どうして？」と聞けば、彼女は「秘密です」と可愛く微笑《ほほえ》んだ。

人混みが好きな人間というのはそう多くないと思うし、僕だってそれが嫌いな人間の一人だが、確かにこの花火大会に関しては、そんなことはきっと気にならないと思う。

結局この後も、一緒に花火大会のホームページを見ながら、当日どうするか、どんな花火が上がるのか、天気は晴れるだろうか、など取り留めの無い話に花を咲かせ、当初の目的であった勉強会のことなどすっかり頭から抜けてしまっていた。美園がそうであったかはわからないが、そうであってほしいと勝手ながら思った。

「結局あんまり勉強できなかったな」

「そうですね……」

勉強会の名目で集まったので少しばかり気まずい空気が流れたが、僕にとってこれは逆にチャンスでもある。

「もしよかったらだけど、今日の埋め合わせをどこかで出来ないかな？　数学も中途半端《ちゅうとはんぱ》になっちゃったし」

「いいんですか？」

遠慮がちに僕を窺《うかが》う美園からは拒絶の色は見て取れない。

「美園さえよければ次は僕の家でやろう。次は僕がご飯作るよ。美園には到底及ばないけど、食べられる物は作るか――」

「行きます！　いつにしますか？」

　美園と比べれば雲泥《うんでい》どころでない差はあるが、僕は別に料理が苦手ではない。凝った品は作れないが、家庭料理の夕食程度であれば恥ずかしくない物は出せると思う。何より僕からの提案で、美園の手を煩わせる訳にはいかない。

　美園が食い気味で乗って来たことは少し意外だったが、これで来週は二回彼女に会える。

「楽しみにしていますね」

　向けられた満面の笑みに「あまり期待しないでくれよ」と言えば、「それは無理です」と期待に満ちた笑顔で返されてしまった。

◇◇◇

「牧村君、花火の日はもう空いた？」

　翌日のバイトに出勤したら、笑顔のリーダーからそんなことを言われた。

「なんでフラれる前提なんですか。逆に予定入りましたよ」

「うそ……」

　信じられないとでも口にしそうなほど驚き、彼女は一歩後ろへ下がった。

「信じられない」

言いやがった。

「牧村君のことだから、誘いたいけどいつまで経っても誘えなくて、相手に予定が入っちゃったとか、当日になっちゃったとかが似合うと思ったんだけど」

「あー似合いそうですね」

本心からそう思う。結局昨日だって、美園から誘ってもらえなければあのまま言えなかったかもしれない。結果的にはどう転んでも一緒に花火を見に行けることにはなっていた訳だが、自分から誘えなかったのはやはり情けなかった。

「何でへこんでるの？ まさか予定って、フラれたから男同士でやけ酒の予定が入ったとか？ だったらバイトしてた方が有意義だよ」

「ちゃんと花火大会には行きますよ。何が何でもシフトに入れようとしないでください」

「えー」

本気で不満そうな顔をしている。

「牧村君に彼女出来ちゃったからシフト回すの大変になるじゃん。恋人持ちはシフト希望面倒だし、イベント事のたびに休むし」

「彼女じゃないです」

「え!?　花火一緒に行くのに？」

「はい」

　意外そうに、それでいて少しニヤついたリーダーの問いにあっさりと答える。ここで慌てててもネタにされるだけだ。

「色々あるんですよ。若者には」

「私だってまだ若い！」

　べちんと思い切り背中を叩《たた》かれ、咳《せ》き込んだ僕にリーダーは「ふん！」と鼻を鳴らす。

「まあ花火一緒に行けるくらいだし脈はあるんじゃない？　彼女になったら連れて来てよね」

　そう言ってリーダーは手をひらひらさせながら、事務所に戻って行った。

「脈ですか」

　コホッともう一度咳《せき》をして、一人呟《つぶや》いた。

　美園は好きか嫌いかで言えば、僕のことを好きのカテゴリーに入れてくれると思うが、それは恋愛的なものではない。

　最初に話した新歓の時から考えると、僕と美園の距離はだいぶ近くなった。ただそれでも、あの子が僕に向けてくれる態度は、根本的なところではあの頃とあまり変わらないと思う。まず有り得ないが一目惚れでもされていない限り、僕に向けられる好意は後輩としての彼女からのものでしかない。

彼女になったら、とリーダーは言った。僕だって美園に彼女になってほしい。だけど今の自分があの子に対して好意を露《あら》わにしても、きっと困らせるだけでいい結果はない。

「今の関係を壊したくないから」という定番のセリフがあるが、今ならよくわかる。一緒にいられる時間がとても幸せだ。これ以上の関係になれば、更にもっと幸せになれると思う。でも失敗したらどうだろう。今まで通り先輩と後輩のいい関係に戻れるかと言えば、けっしてそれはないはずだ。ヘタレと言われても、それが怖くてたまらない。

美園が以前言ったことをよく覚えている。「恋人が欲しいんじゃなくて、好きな人に恋人になってほしい」と、彼女はそう言っていた。

だからどうしたら美園に好きなってもらえるか、ということを考えると、もっと一緒に過ごす時間が欲しいという結論にしか至れない。一緒にいられる時間が何よりも愛《いと》おしい、そんな僕にとってそれは、甘い逃げの誘惑だということはわかっているというのに。

◇◇◇

水曜日の夕方、入念に掃除をした上で美園を部屋に招き入れた。

少し緊張した様子の「お邪魔します」を、平静を装《よそお》いながらも内心とんでもなく緊張した「いらっしゃい」で出迎えた。

「いい匂いがしますね。楽しみです」

「お手柔らかに頼むよ」

苦笑しつつ応じるが、紛れもない本心だ。

今日出す予定なのは白米とオーソドックスな大根の味噌汁《みそしる》、それに肉じゃがとじゃがいも繋《つな》がりでポテトサラダの四品。昨日友人たちに味見をさせた段階での評価は良かったが、舌の肥えているであろう美園相手ではどうだろうかと、中々に不安だ。

「とりあえず座って待っててよ」

「はい。ありがとうございます」

テーブルのベッド側に座った美園にお茶を出し、キッチンへ戻って料理をよそっていく。

「お待たせ」

料理をお盆に載せて美園の前に出すと、「美味《おい》しそうですね」と彼女は微笑んだ。本当に大丈夫だろうかという緊張も残ってはいるが、その笑みに、早く食べてほしいという気持ちも強く湧き出る。

「それじゃあ、冷めない内にどうぞ」

「はい」

そう言って彼女の向かいに腰を下ろし、二人で「いただきます」の声を合わせる。

美園が味噌汁に手を付けるのを、僕はこっそりと、じっと見ていた。最初に手料理をご馳走《ちそう》になった時、彼女も僕が食べてから感想を言うまで料理に手を付けていなかった。逆の立場になった今、その気持ちがよくわかる。

美園ほどの腕があってなお、誰かに食べさせるというのには不安があったのだろう。僕の腕なら尚更《なおさら》だ。

両手でお椀《わん》を持ち上げて静かに一口飲んだ後、箸を持って具の大根へと手を付ける。流れるように自然で無駄の無い動作からは、育ちの良さがにじみ出ている。美園の顔は少し渋いように思う。箸で摘まんだ大根を少し持ち上げた後、もう一度口へと運んだ。米、ポテトサラダ、肉じゃがと同じように口へと運んでいく美園の顔は、やはり少し硬い。

「ごめん」

「え？」

耐えきれずに口を開くと、美園は驚いたのか目をぱちくりとさせていた。

「どうかしましたか？　お料理は美味しいですし、謝ってもらうようなことなんて何も

「――」

「え？」

　今度は僕が驚く番で、変な声が出た。

「はい。どのお料理も、優しい味がして、牧村先輩の顔が見えるようでしたよ」

「そんなに気を遣わなくても……」

　優しく微笑《ほほえ》む美園から、優しい味と言ってもらえたのは嬉《うれ》しいが、その割には食べている最中の顔は硬かった。

「いえそんなことは……あの、もしかして私、何か表情に出ていましたか？」

「何と言うか、渋い顔してたかなと」

「すみませんでした。そんなつもりは全く無かったんですけど、その……」

　慌てて謝る美園は、尻すぼみに声が小さくなり、もじもじと視線を外した。

「この味をちゃんと覚えておこうと思ったら、つい、そんな顔になっちゃったかもしれません」

　少しだけ頬を染めた美園が小さな声で告げたその言葉は、静かな部屋ではっきりと僕の耳に届いた。

「そんなに大した味じゃないと思うけど」

照れ隠しだ。大した味でないのは確かだが、美園が覚えておきたい味だと言ってくれたことは舞い上がりそうになるほど嬉しい。

「いえ、そんなことは無いです。それに、覚えておかない訳にはいきませんから」

「ん？　どういう意味？」

ふふっと笑う美園は、その質問には答えてくれなかった。

片付けを済ませると――美園が「問答無用です」と言って手伝ってくれた――本来の目的である勉強の時間となった。今日は僕が誘う口実にもなった前回の続きとして、彼女に数学の問題を解いてもらっている。

向かいの席から場所を移し、美園は今日も僕の右側にいる。ネットから拾った問題は、それなりに難しいレベルだと思うが、彼女はほとんど難なくそれをこなしていく。

少し苦戦するかとも思ったが、あの後自分でも真面目に取り組んだのだと思う。美園が今後数学をどれくらい使うかはわからないが、多分あまり苦労することは無いだろう。褒めるべきことではあるが、自分の役目が一つ減るのは残念だった。

「全部合ってるよ」

最後の問題を解いて顔を上げた美園に、笑顔で声を掛けると、彼女は「やったぁ」と小さく声を発し、嬉しそうに笑った。

「この間は基本的なことしかやらなかったから、ちょっと難しめの問題選んだつもりだったんだけどね。解説も要らないくらい良く出来てるよ。頑張ったね」

「はい！」

元気よく返事をした美園は、少しだけ遠くを見るように「頑張ったんです」と小さく呟き、僕に視線を移す。その瞳が少し熱を持っているように見えたのは、僕の願望がそうさせたのかもしれない。

こうして一緒にいられること、料理をほめてもらえたこと、少し先に待っている花火大会のこと。間違いなく今の僕は浮かれている。絡《から》んだ視線を解《ほど》けず、いや、解きたくないと思ってそのままでいると、ほのかに頬を染めた美園が可愛《かわい》らしくはにかんだ。

「……じゃあ、何かご褒美《ほうび》あげないとな」

このままだと吸い込まれてしまいそうだと、慌てて会話を戻す。

「本当ですか？　それじゃあ……いえ」

声を弾ませた美園だが、何やら言おうとした言葉を呑《の》み込んだ。視線を戻すと、照れたように笑う彼女と目が合った。

「今ご褒美をもらうと満足しちゃいそうなので、試験の結果が出てから、それが良かったらご褒美をください」

「試験の結果、と言うか前期の成績出るの、後期に入るくらいじゃなかったかな？」

「え。そんなに先なんですか？」

美園は「うぅん」と悩むような声を上げ、前言を訂正する。

「じゃあ試験が終わった後、頑張って絶対にいい結果を出しますから、そこでご褒美をもらえませんか？」

「ああ、いいよ」

結果が出る前にというのも少し変な気はするが、おずおずと尋ねた美園もそれは重々承知だろう。僕の照れ隠しで指摘するのも野暮だし、何より彼女が頑張っていい結果を出すと言った以上、きっと相応《ふさわ》しい結果を出すはずだ。

それに、以前の美園ならばご褒美と言われても遠慮していたと思う。今回それを受け取ると嬉しそうにしてくれるのだから、誤魔化しから出た言葉ではあるものの、何かを贈りたいと強く思えた。

「何か欲しい物ある？　用意しとくよ」

「ええと……考えておくので、花火大会の時に改めてお願いします」

視線を泳がせる美園はそう言うが、この様子ならもう欲しい物が決まっていそうだなと感じた。

「了解」

「どうして笑うんですか？」

「何でもないよ」

少しだけむすっとした美園に笑いかけると、彼女の方も「もう」と言ってくすりと笑う。そんな様子もこの上なく可愛らしいのだが、プレゼントを贈る機会が随分と先送りになってしまったのは少し残念だ。

「牧村先輩は何か試験のご褒美、要りませんか？」

「ご褒美か。うーん」

試験のご褒美。一緒に花火大会に行けて、しかも浴衣《ゆかた》を着て来てくれるという、僕にとって最上級のご褒美が既に確定している。これ以上何を望めというのだろう。

「何でもいいですよ」

「そういうこと言わない」

他意が無いことはわかるが、ご褒美という言葉が邪《よこしま》なイメージに変わってしまうので美園を制すると、彼女は不思議そうに首を傾《かし》げた。

「じゃあ前期の成績が出たらお願いしようかな」

「十月になっちゃいますけど……」

彼女は何やら不満げだ。でも――

「凄《すご》い成績取って凄いご褒美もらうからな」

冗談めかして誤魔化したが、十月にも一緒にいられる口実が欲しかった。

「それじゃあ、待っていますね」

そんなことは露とも知らず、美園は穏やかに笑った。

◇◇◇

「美味《うま》い……」

美園との三回目の勉強会を始める前に出してもらった夕食を食べると、自然とその言葉がこぼれた。今までも美園の料理はいつも非常に美味しかったのだが、前回と比較して今回の方が美味い。最初に作ってもらった時と比べると、流石《さすが》にあの時の方が美味かったと思うが、今回の方がしっくり来るとでも言えばいいのだろうか、一口で好きだと思える、そんな味だ。

「お気に召しましたか？」

僕の反応を見てか、正面の美園がニコリと笑いながら尋ねてきた。

「うん。美味い」

「前回と比べてどうですか？」

僕が失礼かと思って呑み込んだ比較の言葉、それを口に出した美園の顔にはどこか自信ありげな笑みが浮かんでいる。多分もう答えのわかっている顔だ。僕の様子からバレバレだったのかもしれない。

「今日の方が美味いというか、好きな味かな」

「牧村先輩のお好みに合わせて作ったつもりです。上手《うま》く出来て良かったです」

その言葉を聞いて思い出すのは一昨日のことだ。

「覚えておくってそういうこと？」

「はい」

「一回料理食べただけで好みの味ってわかるもの？」

「全く知らない人だと無理ですけど、よく知っている人のことでしたら意外とわかるものですよ」

美園が言うには、調味料や調理器具、それから食器の状況から見て、僕は自分で料理することには慣れているがこだわりはそれほど強くなく、他人にご馳走する機会は多くないことがわかるらしい。

「なので、牧村先輩の好みがそのままお料理に表れているかなと思ったんです。違ったらどうしようかと思いましたけど、反応が良かったので嬉しいです」

「名探偵みたいだな」

「何でもお見通しですよ」

「怖いなあ」

自信ありげな顔で笑う美園を正面から見て苦笑してみせたが、それは言うまでも無くただの冗談だ。何でもお見通しならば、きっとこうして一緒にはいられない。いくら彼女が社交的だとはいえ、自分に好意を向ける男とこんな風に親しく接することは無いだろう。それを思えば見通される訳にはいかない。


今日の勉強会は、お互い自分の勉強をしている。美園から「数学はわからないところがあったら教えてください」と言われ、つきっきりで教えることはやめた。どうせ美園が気になって集中出来ないのだから、教えている方が良かったなと思ったが、勉強を始めるとこれが意外と集中出来た。

普段デスクで勉強をしているので、ローテーブルでの勉強は意外と体が固まる。そのため二十分に一度くらいの頻度で体を伸ばすのだが、そのたびに美園が見えて、ああ可愛いなと思ってやる気を心に満たし、その一生懸命勉強に励む姿を見て、集中力を回復させる。

「そろそろ紅茶を淹《い》れますね」

「ごめん、邪魔したかな」

「いえ。ちょうどいい時間ですし、私も少し疲れましたから」

僕が四回目の伸びをしたすぐ後、壁掛け時計に視線をやった美園が立ち上がってダイニングへと向かっていった。

「ありがとう」

その後ろ姿にお礼を言えば、振り返って笑顔を向けてくれる。

「アイスティーでいいでしょうか？」

「うん。頼むよ」

「はい」

そのやり取りからしばらくして、僕の前にはコルクのコースターに載せられたアイスティーのグラスと、クッキーが出された。因《ちな》みにコースターには、デフォルメされたペンギンのイラストが描かれていて、微笑《ほほえ》ましい気持ちになった。

「そう言えば花火大会のことなんですけど」

ガムシロップを半分ほど入れた美園が、思い出したように今月末の予定について言及した。

「しーちゃんに話したら、会場まで一緒に行かないかって言ってくれたんですけど」

「志保《しほ》に言ったのか……」

「まずかったですか？」

少し気まずいと思ってこぼした一言だったが、途端に美園の顔が曇ってしまった。

「あ、ごめん。全然まずくない」

「本当ですか？」

「ほんとほんと。美園に嘘《うそ》はつかないよ」

実際は照れ隠しや本心を誤魔化すために、結構嘘をついている訳だが。ストローでアイスティーを一口飲み、仕切り直しの間を取った。

「で、志保と会場までってことは、成《なる》さんも一緒なんだよね？」

「そうですね。お二人が駅で待ち合わせだそうなので、駅から会場までご一緒させてもらう形になると思います」

「そっか」

考えてみれば善意百パーセント、いや志保のことだから十パーセントくらいはからかいもあるだろうが、基本的にはありがたい提案だと思う。会場がどれくらい混むのか知らないし、そもそも会場まで辿《たど》り着くのにも苦労するかもしれないのだから、経験があるであろう成さんの同行は心強い。

「どうしますか？」

「せっかくだしお願いしようか」

わがままを言えば、二人でいられる時間が減るのは嫌だった。しかしエスコートには不安がある。美園をがっかりさせたり、大変な思いをさせたりするのは絶対に避けたい。僕はバカップルと一緒で――からかわれるだろうし――多少気まずいだろうが、美園だって志保と一緒にいられるなら安心だろう。

「わかりました。しーちゃんにお願いしておきますね」

そう言ってアイスティーのストローに口を付けた美園は、なんとなく、ほんの少しだけ不満そうに見えた。

「大丈夫、別にこのことに不満なんて無いから。一緒に行けてむしろ助かるくらいだし、志保に言ったことも全然気にしなくていいよ」

「ありがとうございます」

美園は丁寧な会釈《えしゃく》を見せるのだが、表情にはやはり、ほんの僅かだけ曇りが見えた。

ふとこぼしてしまった言葉が原因かと思って慌ててフォローを入れたが、どうやら上手くいかなかったようだ。

「あー。僕からも成さんにお願いしとくよ」

「はい。お願いしますね」

ただ、次のやり取りが終わると、いつも通り笑顔の美園がそこにいた。

彼女の性格を考えれば当然だが、やはり美園はまだまだ僕に遠慮をしている。何かあるのならばどんなことでも伝えてほしい。いや、それだけではない。僕自身の方だって、彼女の不満を察せるようでありたい。距離は近付いたと思っているが、まだ色々と足りないのだと思うと少し悔しい。

「紅茶のおかわりはいかがですか？」

考えをぐるぐるさせていて気付かなかったが、アイスティーのグラスは空になっていた。

「それじゃあお言葉に甘えて」

「はい」

微笑んでグラスを受け取り、ダイニングへ向かう美園の後ろ姿を見ながら、クッキーをかじった。見えるのは普段通りの淑《しと》やかな美園だった。

◇◇◇

『今日お邪魔してもいいですか？　時間は取らせませんので』

『せっかくだし夜来いよ。飲もう』

『わかりました。十九時くらいでいいですか？』

『それでいいよ。飲む物は適当に用意しとく』

『ありがとうございます。こっちでも何か買って行きます』

成島航一《なるしまこういち》が二部屋隣に住む後輩とこんなやりとりをしたのは、七月の第二土曜日の昼前のことだった。

航一にはその後輩、牧村の用件も大体察しがついている。つい先ほど、恋人の志保から確定の情報を得たばかりだが、牧村とは一緒に花火大会に行くことになっている。正確には航一と志保、牧村に加え、志保の親友の君岡《きみおか》美園の四人で会場まで向かう。

志保から「美園たちは初めてだと思うから、一緒に行っちゃダメかな？」と尋ねられてから、凡《おおよ》そ一ヶ月が経《た》った。当初は快諾した航一も、実はそのことを忘れかけていたくらいだ。

（それにしてもあのマッキーが、女の子と花火大会ねえ）

航一から見た牧村は、けっして女性にとって条件の悪い男ではない。優秀な学業成績をはじめとして、何でもそつなくこなす能力を有している。しかし性格面で問題が無い訳ではない。まあ問題と言っても性格が悪い訳ではなく、航一から見てむしろいい奴《やつ》であると言える。だが異性に対し――同性に対してもそうだが、異性に対してはより顕著に――まるで積極性が無い。

話してみれば女性に興味が無い訳でもなく、恋人を欲《ほっ》していない訳でもない。女性にトラウマがある訳でもなく、ただ何となく話しかけるのが苦手なだけなのだ。

そんな牧村が女の子と花火大会に行くというのは、航一からしたら、いや牧村を知る文《ぶん》実《じつ》の人間であれば皆、誘われた結果によるものだと知っても「あのマッキーがねえ」と、同じことを思うだろう。

「それじゃ乾杯」

「乾杯」

来訪早々に本題に入ろうとした牧村を「まあ飲みながら話そう」と制し、航一は後輩のグラスにビールを注いだ。そうすればこの律儀《りちぎ》な男が、同じことを返してくれるのはわかりきっていた。

「それで本題ですけど」

「早速だな。花火の件だろ？」

「志保から聞いてましたか。そうです。当日はよろしくお願いします」

「任せろよ。その代わり会場ではちゃんとエスコートしてやれよ」

「はい」

　居住まいを正して頭を下げる牧村に、航一は笑って応じた。

「で、どうなの？」

　牧村が早々に本題を切り出したので、航一もさっさとその――文実伝統の恋バナ――カードを切ることにすると、テーブルを挟んだ後輩は嫌そうな顔でグラスを呷《あお》った。

「好きですよ」

　空になったグラスをコトリとテーブルの上に置き、真面目な顔の牧村は一言、そう言った。誰を、などと聞くまでも無い。

「そうか」

　空になったグラスに注ごうとビンを持つと、牧村は「ありがとうございます」とグラスを傾けた。

航一としては、牧村がこうもあっさりと——内心複雑なものはあったのかもしれないにせよ——自らの心中を告白したことは、意外も意外だった。

以前志保から「美園は牧村のお気に入り」と聞いたのが、五月連休が明けて一週間程度の頃だったので、約二ヶ月前の話になる。志保から聞いた話と、今回一緒に花火大会に行くことを合わせて、そこからの進展を考えるならばまず牧村の側も美園に対し好意を持っているだろうと思っていた。

恋バナのカードを切って、認めたがらないであろう牧村を少しからかいつつ自分の気持ちに正直になってもらおうと、航一はそう考えていた。だがそんなことをするまでも無く、牧村は正直に美園に対する好意を告白した。茶化す気など一切が失《う》せた。

「これ言うの成さんが初めてなんで、誰にも言わないでくださいよ。特に志保には」

「信用無いな」

苦笑する航一だが、実は志保にだけは言おうと思ってはいた。美園が牧村に好意を向けていることは知っていたので、両想《りょうおも》いだと言うのなら志保と協力してさっさとくっつけてしまおうと考えた訳だが——

「そういう訳じゃないですけど、本人に知られたら困るんで。万が一にも」

「どうしてだよ？　告白しないのか？」

「今したってフラれるだけじゃないですか。美園は僕に恋愛感情無いんですよ？」

「意外と可能性あるんじゃないか？」

流石《さすが》に美園もお前のこと好きだってよと直接バラすような真似《まね》は出来ないが、このくらいの援護射撃は許されるだろう。

「無いですよ。仲がいいとは思いますけど、先輩としか思われてませんし」

「そうかぁ？」

「そうですよ」

航一から見て、牧村は自分を卑下するタイプではない。その彼がこうまで頑《かたく》なだということは、恐らく評価基準に大きなズレがあるのだろう。

「何でそう思うんだ？」

そう聞いてみてわかったが、最初から高かった美園の好感度が、逆にそれがニュートラルであると牧村を勘違いさせている。加えて文実の男女間の距離の近さが、こういうのも普通だと思わせる原因になってしまったようだ。

「なるほどな」

この誤解を解くのは非常に簡単だが、他人の気持ちを勝手に伝える訳にはいかない。

「でも付き合いたいんだろ？」

「はい」

「よし」

ならば攻め方を変えようと質問した航一に、牧村はしっかりと頷《うなず》いた。牧村と美園は、お互いがお互いを好きなくせに、相手は自分に恋愛感情が無いと考えるめんどくさい関係ではあるが、互いに相手との距離を近付けたいと思っているはずだ。

「花火大会はチャンスだぞ。手くらい握れ」

「付き合ってもいないのにそんなこと出来ませんよ」

「エスコートすると思えばいけるだろ。会場は人が滅茶苦茶《めちゃくちゃ》多いしな。はぐれないようにって口実もある」

「それで嫌そうな顔されたらその場で半泣きになる自信があります」

堂々と情けないことを言う牧村に呆《あき》れる航一だが、このくらいで諦めるつもりはない。

「じゃあ俺と志保が手を繋《つな》いで、『お前らもはぐれないように手繋いどけよ』って言ってやろうか？」

「それは絶対にダメです」

「どうしてだ？」

「そういう、美園が断りにくい状況作って無理強いしたくありません」

「そうか、悪かったな」

「いえ、こちらこそ。せっかくの提案をすみません」

少し気まずそうに言う牧村だが、こういうことこそ堂々と発言してもらいたいものだ。

「まあ俺と志保は普通に手を繋ぐから、そこは覚悟しとけよ？」

「それはまあ、そうするだろうとは思ってましたから」

苦笑する牧村は、航一のグラスに気付いてビンを持った。「さんきゅ」とグラスを傾けた航一に、後輩は尋ねた。

「会場ってどのくらい混みますか？」

「芸能人来てる時の一ステ前くらいの混雑が、河川敷数キロに及ぶくらいだな」

「あれと同じくらいですか……」

まあ河川敷の土手側は割と空《す》いているのだが、このくらいは言っておいた方が覚悟を決めるのではないか。

「ああ、だから」

それを聞いて驚く後輩に、航一はニヤリと笑いかけた。

「混雑に呑《の》み込まれたら手も繋がないでエスコートするのは大変だろうな」

「頑張ります……」

あまりしつこくするつもりも無いが、発破をかけるくらいなら構わないだろう。

◇◇◇

期末試験まであと十日、花火大会まで十五日となった七月半ばの金曜日、今日も僕は美園の部屋にお邪魔している。

七月に入って文実の活動が無くなり、学年も学科も違う美園と会える時間はこの勉強会しか――稀《まれ》に大学構内で挨拶を交わすことはあるが――無い。貴重な時間な訳だが、勉強に集中していると過ぎる速度が速く、帰り道ではとても勿体《もったい》無いことをした気分になる。

贅沢《ぜいたく》なのはわかっている。最初は単純に、一緒にいられる時間が増えるだけで嬉《うれ》しかった。それなのに今は、出来もしないそれ以上を望んでしまっている。自分はこんなにも欲深い人間だっただろうかと、内心驚いていると窓の外から小さく雨音が聞こえた。

美園は集中していてその音に気付いていないようなので、邪魔をしないように静かに立ち上がり、少しだけカーテンをめくって外を窺《うかが》うと、想像よりも大きな雨粒が地面を叩《たた》いていた。部屋の防音性能が高いようだ。

「雨が降るとは思ってなかったな」

「予報では降ると言っていませんでしたから、通り雨だと思いますよ」

独り言に対して反応があり慌てて振り返ると、少し驚いたような美園がすぐ後ろに立っていた。

「あ、ごめん。驚かせたかな」

「いえ、私の方こそ。すみません」

くすりと笑った美園は「紅茶をご用意しますね」とダイニングへと向かって行った。そんな彼女の後ろ姿を見送って、スマホで天気を確認すると、周辺には小さな雨雲が表示されていた。このくらいなら後一時間ほどで止《や》んでくれるだろう。

「多分止むと思うけど、もし止まなかったら傘貸してもらえるかな？　明日には返しに来るから」

出してもらったマドレーヌをつまみながら念のためにお願いをしておくと、目の前の美園は可愛《かわい》らしく首を傾《かし》げた。

「泊まっていけばいいじゃないですか」

それこそ、紅茶を飲みますか？　くらいの軽い提案かのように、美園はあっさりとしている。あまりに何でもないような様子に、これは僕の聞き間違いではないかとすら思う。

「傘貸してもらえるかな？　何なら家に戻ってすぐ返しに来るから」

そうでなくともお互いの認識に何らかの齟齬《そご》があるのかもしれないと思い、もう一度繰り返すと美園は拗《す》ねたような顔を見せた。

「お泊まりくらいは大したことじゃないんですよね？　私の部屋では嫌ですか？」

「それは僕が泊める場合であって泊まる場合は別！」

以前僕が言ったことを真に受けてしまったのか、美園の価値観が間違った方向に進みそうだったので、慌てて訂正をかけておく。付き合っている訳でなくても、文実においては男が女を部屋に泊めるというのは稀にあるが、その逆は聞いたことが無い。

「そうなんですか？」

「そうだよ。男が泊める場合はたまにあるけど逆は無いよ」

「じゃあ。牧村先輩も、女性の家にお泊まりしたことは無いんですか？」

「……無いよ」

恐る恐るといった様子で尋ねてきた美園に、一瞬返答を考えたものの結局正直に話した。

「今、目を逸《そ》らしました」

「ほんとに無いよ」

どこか不満げな視線を向けて来る美園を正面から見て、苦笑しながら否定すると彼女はふっと息を吐いた。僕が嘘《うそ》をついていないとわかってほっとしたという様子だ。実際に嘘はついていない。女子の部屋に泊まった経験など無いのだが、はっきりそれを言うと僕は彼女がいたことがありませんと宣言しているようでためらってしまっただけだ。

「まあだから、泊まっていけば、なんて言っちゃダメだよ」

ここに来て、ようやく自分が間違った価値観を植え付けられていたことに気付いた美園は、恥ずかしそうに顔を赤くして「はい」と小さく頷いた。その間違った価値観を植え付けた僕としては、申し訳ないと思いつつも、そんな彼女の様子が可愛くて仕方なかった。

美園は何か言おうと口をぱくぱくとさせたが、結局黙ってしまった。その沈黙を破ったのは、美園のスマホが震える音だった。

「あ、お姉ちゃん」

スマホを手に取って画面を見た美園はそう呟《つぶや》いたが、中々電話に出ようとはしなかった。

「僕のことは気にしなくていいよ」

そう伝えると、美園は「すみません」と言って立ち上がり、ダイニングの方へ向かって行った。

「もしもし。お姉ちゃん？　うん…………ごめんね。後で掛けなおすから今は……え!?　誰もいないよ！　一人だよ！」

最初は僕に気を遣っていたのか小声だった美園が、突然大きな声を出した。盗み見しているようで気が引けたので背を向けている僕でさえ、声だけで嘘だとわかるくらいに動揺している。

「違うの！　お友達が来ていて、だから……うぅ。そうなんだけど……だから切るね……え。それは……お姉ちゃんのいじわる……ちょっと待ってて」

段々とトーンダウンしていった美園の声が途切れてから、ゆっくりとした足音が背後から近づいて来た。

「牧村先輩」

振り返ると、通話内容のせいなのか美園が嫌そうな顔をして立っていた。こんなに露骨な表情の美園は初めて見たが、それは家族との距離の近さ故だろうと思う。

「どうかした？」

通話口を押さえているのでまだ通話は続いているはずだが、僕に何の用だろう。

「姉が、牧村先輩とお話したいって……」

「え」

「嫌ですよね？　断りますから」

上手《うま》く話せるかという不安はあるが、決して嫌ではない。何より美園のご家族が話したいと言ってくれているのだから、こちらとしても話をしてみたい。

「いや。僕で良ければ出るよ」

「え……わかりました」

うなだれた美園はスマホを耳に当て、姉に向けて今から僕に代わる旨《むね》を説明し――

「スピーカーにするからね。変なことを言ったらすぐに切るから」

言い聞かせるようにそう伝え、スピーカーホンに切り替えてから僕の隣に座った。今から美園のお姉さんと話すことに加え、彼女との距離の近さがより心臓の鼓動を速くした。

『こんばんはー。牧村君でいいんだよね？　美園の姉のカナミです』

「こんばんは。はい、牧村です。初めまして」

聞こえて来た声自体は美園のものとよく似ている気もするが、喋《しゃべ》り方の印象のせいか姉妹と言われてもあまりピンと来ない。穏やかに丁寧に話す美園と比べて、お姉さんの方はとてもフランクで陽気な印象を受ける。

そんな僕の横で、左手でスマホを持ったままの美園が右手でノートに『花波《かなみ》』と漢字を書いてくれた。これでカナミと読むのだろう。

『そんな畏《かしこ》まらなくてもいいよ。私の方が一歳上だけどさ』

「お姉さんは美園……さんから僕のことを聞いてるんですか？」

『花波でいいよ。あと美園のことも普段呼んでるみたいに、みーちゃんでいいからね』

「呼ばれてない！」

顔を赤くして否定する美園に『ごめんごめん』と軽い感じで謝った花波さんは、先ほどの質問の答えを続ける。

『牧村君のことは美園からよく聞いてるよ。お世話になってる先輩だってね』

「どちらかと言うと僕の方がお世話になってますよ」

偽らざる本心なのだが、冗談だと思ったのか電話の向こうで花波さんがあははと笑う。

『ありがとう。だからちょっとご挨拶しておきたくて』

「わざわざありがとうございます」

『ううん。末長いお付き合いになるかもしれ――』

会話はそこで途切れた。通話終了ボタンの上で、美園の白い指の先だけが、少し赤みを帯びていた。

「美園、さん？」

「お勉強の続きをしましょうか」

俯《うつむ》いて表情の見えない美園に恐る恐る声をかけると、彼女はぱっと顔を上げてニコリと笑った。可愛らしいのにほんの少しだけ怖いと思ったのは内緒だ。

「花波さんはいいの？」

「いいんです」

拗ねたように口を尖《とが》らせる美園が可愛らしい。本気で怒っていた訳ではなさそうで安心したが、お姉さんとの遠慮のないやり取りを思い出して羨ましくなる。ああいう顔は僕にはまだ見せてくれないのだから。

「みーちゃん」

少しだけ意地悪がしたくなって呟いた呼び名に、びくりと反応した美園は、赤らめた頬と潤んだ視線を僕に向けた。

「それ、ダメです」

「ごめん。つい」

笑いながら謝ると、美園はいじけたように「もう」と口にして、上目遣いで僕を見た。意地悪をしたというのに、返ってきたのはご褒美《ほうび》だった。

その後は切り替えて勉強会を再開し、終わる頃には雨は止んでいて、結局傘を借りることも無く家に帰った。傘を返しに来るという口実が使えなくなった、ということに帰り道で気付き、過ぎてしまった通り雨を恨めしく思った。

◇◇◇

美園から試験のご褒美という話を聞いて、考えていたことがある。彼女の希望は花火大会の日に聞くことになっているが、それに先んじて何か贈れないだろうかと。勉強会の会場提供と料理のお礼を口実にすれば渡せるのではないかと。そして実際にプレゼントを用意した訳だが、これを渡すことを考えると中々落ち着かず、試験前最後の勉強会の今、集中出来ずにいる。

青いリボンの付いた白い化粧箱。中身は水色のシャープペンと白のボールペン。勉強会のお礼を口実にするので、文具にしようと考えた。喜んでもらえるようにと、美園の好む色を選んだ。使ってもらえるようにと、彼女が使っている物と近い形状の物を買った。しかし、選んだ時は自信満々のはずだったが、今日になって不安が増してくる。

因《ちな》みに、テンションがおかしかったせいなのか、昨日の僕はメッセージカードまで添えていやがった。今日来る前に正気に戻って抜き取れたのは本当に良かった。

「どうかしましたか？」

どうやって渡すかを悩んでいたら、盗み見ていたはずの美園とばっちり視線が合ってしまった。

「ええと、前から思ってたけど字が綺麗《きれい》だなと思って」

誤魔化しも兼ねてはいるが、これ自体はずっと思っていたことだ。文実で初めて見た時からずっと、惚《ほ》れ惚《ぼ》れするほどに上手だと。

「そうですか？　お友達と比べても女の子らしくない字だなと思っていましたので、牧村先輩に褒めてもらえるのは嬉《うれ》しいです」

「丁寧で綺麗で、美園みたいな字だと思うよ」

確かに女子っぽさのある可愛《かわい》らしい丸文字ではないが、完璧なまでに形の整ったお手本のような字は、美園の姿勢の美しさや品のある所作とイメージが重なる。

「ありがとうございます。……あの。紅茶を淹《い》れてきます」

頬を朱に染めた美園はそれだけ言うと早々にダイニングに向かって行った。

チャンスだ。面と向かってプレゼントを渡すのは勇気が湧かないので、こっそりと彼女の席に置いておくことにする。ダイニングにいる美園を窺《うかが》うが、こちらを向いてはいない。視線を彼女から外さないまま、鞄《かばん》を漁《あさ》りプレゼントを取り出す。

「あ」

ちらりといった感じでこちらを見た美園と目が合った。慌てて箱を隠そうとしたが、それより早く美園が顔を逸《そ》らしてしまった。恐らく見られてはいない。こっそりと、テーブルの横に置かれた美園の教科書の上に箱を置いて、あとは彼女が気付くのを待つ。自分で考えておいて情けない気がするのは、この際目を瞑《つぶ》る。今、重要なのは渡すことだ。

物自体はただの——僕の普段使いと比べるとそこそこ値は張るが——文具。普段使いでなくとも、どこかで使えるだろうと思う。比較的デザインのシンプルな物を選んだので、見たくもないほどセンスが合わないということも無いはずだ。

僕と美園は、それなりにいい関係を築けていると思う。先輩が仲のいい後輩にお礼の意味も込めて、試験勉強お疲れ様、色々ありがとう、試験頑張ってな、とペンを贈るというのは多分セーフだ。セーフだと思う。

美園の性格からしてもまず嫌がるということは無いし、恐らく喜んでくれると思う。だというのに、不安で仕方がない。好きな女の子にプレゼント一つ贈ることが、こんなに大変なことだとは知らなかった。

それでも贈るのを止《や》めればよかったとは全く思わない。仮に次の機会があったとして、やはり大変な思いをしながらプレゼントを考えて、緊張で震えながらでも贈りたいと思うはずだ。僕にとって美園はそういう相手なのだから。

休憩の最中、美園はプレゼントには気付かなかった。そのため勉強会を再開した今も、僕はそわそわしている。いつ気が付くかなと、休憩前よりも高い頻度で美園をちらちらと見ることを抑えられない。

いっそ言ってしまえ、と囁《ささや》く自分もいる訳だが、そんなことをするくらいなら最初から直接渡している。直接渡せなかったからこっそり置いたのに、相手が気付いてくれないからそれを指摘する、というのは少し、いやだいぶカッコ悪い。

「牧村先輩？」

またも目が合った美園が、再び「どうかしましたか？」と微笑《ほほえ》みながら首を傾《かし》げる。

「綺麗だなと思って」

「ありがとうございます」

「さっきも聞きましたよ」と、美園はくすぐったそうに笑ったが、さっきとは綺麗の対象が違う。

出会った頃と比べて、美園は少し髪が伸びた。思い返せば六月に入ったくらいからではないだろうか。以前は僕が変化に気付かないくらいの頻度で整えていたのだと思うが、今は少し伸ばしているようだ。そのせいなのか、美園はたまにではあるが顔にかかる髪を耳にかける仕草をする。それが艶っぽくて、今も綺麗だと言葉が出てしまった。勘違いしてくれて助かった。

「牧村先輩、今日はお疲れですか？」

「え？　いや、そんなことは無いけど」

少し心配そうに尋ねてくれた美園に、僕は正直に答えた。勉強時間は増えたが最近はバイトも減っている――花火大会と引き換えに試験前の出勤可能日は増やしたが、気を遣ってくれたらしい――文実の活動も無いので、体調は悪くない。むしろ美園との勉強会を体調不良で欠席ということが無いよう、体調管理にはかなり気を遣っているくらいだ。

「本当ですか？　あまり手も進んでいないようですし、もし嫌でなければベッドで休んでください」

手が進んでいないのは全く別の要因によるものだが、非常に魅力的な提案だと思う。

「ほんとに大丈夫だよ。それに、頭ワックス付いてるし」

それだけではない。制汗剤で匂いは問題ないと思うが、夏の二十時過ぎの自分が、美園のベッドに立ち入れるほど清浄であるとは思わない。

「そのくらい構いませんよ。体温計を持って来ますから、体温測ってくださいね。試験前ですから、お体は大事にしないと」

心配してくれる美園に、非常に申し訳ない気持ちでいっぱいになる。「プレゼント置いたんだけど、いつ気付いてくれるか気になって」と、情けない心中を告白するしかない、そう覚悟を決めた時だった。

「これ……」

立ち上がろうとした美園が手をついた場所は、置いてあった教科書の近く。その上に置かれた白い箱には青いリボンが巻かれており、何かと間違える余地はあまり無いだろう。

「牧村先輩、ですか？」

「……うん」

ゆっくりと白い化粧箱を手に取って尋ねた美園に、少し視線を外しながら答えた。

「勉強会のお礼と言うか、ご飯のお礼と言うか、試験頑張ってと言うか……」

考えていた言葉はあったが、結局こんな風にしどろもどろな言葉になってしまい、自分のヘタレっぷりを再認識する。

「ありがとうございます。開けてみてもいいですか？」

静かな声に頷《うなず》くと、美園は慣れた手つきで青いリボンを解《ほど》いた。

ここに至って、早く中身を見てほしい僕の心中とは裏腹に、美園は解いたリボンを丁寧に折りたたみ、テーブルの上にそっと置いた。しなやかに動く美しい指に、焦《あせ》りを忘れて見惚《みと》れてしまう。

「素敵なペンですね。嬉しいです」

美園は化粧箱を開け、中で動いてしまわないように固定された台座から、まずは白いボールペンを取り出す。嬉しそうに笑う彼女をじっと見つめると、またもや目が合った。

「だらしない顔をしてしまいそうなので、あんまり見ないでください」

照れ笑いの美園の頬が少しだけぴくりと動くのが見えて、その言葉と合わせてもう満足した。

「わかった」と笑って、美園の顔から少し視線を外したが、聞こえてくる「わぁ」や「可愛い」といった言葉に、僕の方がだらしない顔を晒《さら》してしまいそうだ。

「私の好きな色を選んでもらえて、とっても嬉しいです」

「喜んでもらえたならよかったよ」

美園のその言葉に視線を戻すと、満面の笑みで迎えられた。彼女の右手には水色のシャープペンが納まっている。

「今から使わせてもらいます。本当は大事にしまっておきたいくらいですけど」

少し眉尻を下げながらも、嬉しそうにペンを触る美園に、心が温かくなる。

「そう言ってもらえるのは嬉しいけど、試験までは慣れたペン使った方がいいんじゃないか?」

僕の贈ったペンのせいで彼女が成績を落とすなんてことがあってはならない。仮にそうなったとして美園は絶対に言わないだろうが、可能性すら考えたくない。

「いえ。持った感触もいいですし、何よりもうこのペンじゃなきゃ嫌です」

「……ありがとう」

「ありがとうございます、はこちらのセリフですよ。こんな素敵な贈り物を頂いて、お返しのし甲斐《がい》がありますね」

気合を入れるような美園の表情に苦笑する。そう来ると思っていたからだ。

「お返しはいいよ。お礼なんだから、それにお返しされたら僕が困る」

「……じゃあ私も牧村先輩にお礼をします。それなら構いませんよね」

むぅと拗《す》ねていた美園は、いいことを思いついたと言わんばかりに笑ってそう言った。

「いやいや」

反論のために口を開こうとした僕だったが、思い出したような美園の言葉に黙らざるを得なくなった。

「そう言えば牧村先輩。体調は大丈夫ですか？」

「いや……」

結局、美園に心配をかけないようにと集中出来ていなかった理由を語るハメになった。

随分と情けない話だったのだが、美園はどうしてか頬を緩めていた。

◇　◇　◇

七月最後の金曜日、前期試験が終了したが、美園との勉強会のおかげもあって、試験の結果には何の不安も無い。美園と勉強会をしておいて情けない成績を取る訳にはいかない、という意識の問題も大きい。

「はい、確かに。じゃあこれマッキーのスタジャンね。確認よろしく」

「ありがとう。サイズも合ってるよ」

委員会室で受け取った白いスタジャンの左腕部分に、委員会に一人しかいない「牧村」の名前を確認する。背中には「第59代文化祭実行委員会」の黒い文字が躍っている。和風ロゴに倣《なら》って、実行委員の文字も筆で書いたような字体になっており、白地のスタジャンに似合っていた。

「白だと汚れが目立つかもって思ったけど、こうしてみると悪くないよね」

「確かに」

代金を払いながら、試験がどうのと経理担当と適当な会話をしていると、スタジャンを受け取りに続々と人が入って来たので、邪魔にならないよう委員会室を後にした。今日この後、委員会室で部長会——委員長と副委員長に三人の部長に経理担当を加えた六人の飲み会——が行われるため、彼女はこの後もずっとあそこにいるらしい。

今週の頭には届いていたスタジャンだが、夏休み前に受け取るには今日が最初で最後の機会になる。美園も今日受け取りに行く、とメッセージで教えてくれた。楽しみにしていた美園はまず今日の内に取りに来るだろうから、待っていれば一目会えたかもしれない。ただ、明日になれば会えるのだから、それを楽しみにして我慢しておこうと思った。

◇◇◇

試験終了の翌日は七月最後の土曜、待ちに待った花火大会の日だ。

遠足前の子どもが興奮して寝られないという話を聞いたことは一度や二度ではないが、僕はそういう子どもではなかった。しかしそれが、大学二年生にもなって初めて起こった。

花火大会の途中で万が一にも眠くならないように就寝と起床を少し後ろにずらすつもりだったが、結果的にそれは不要だった。ベッドに入って少なくとも二時間も眠れなかったのだから。最後に時間を確認したのは午前三時だった。

だと言うのに目が覚めたのは七時台。二度寝を試みたが、結局まるで眠れなかった。浴衣《ゆかた》姿の美園と花火大会に行けるという高揚は、僕の睡眠欲を根こそぎ奪ったようだ。

「ダメだ」

僕が二度寝を諦めたのは九時ちょうどになってからだった。

寝苦しくて汗をかいたが、シャワーはまだ浴びない。美園を迎えに行くのは十六時なので、十四時三十分頃からシャワーを浴びて、髭《ひげ》もその時に剃《そ》るつもりでいる。一緒にいる間は出来る限り清潔な状況を保っていたかった。

そう思っていたのにシャワーを浴び終わったのは十四時だった。遠足前の小学生状態が継続中らしく、何をするにも考えていたより早く行動してしまう。五分前どころか一時間前行動である。どれだけ楽しみなんだ僕は。

とはいえ、流石《さすが》に迎えに行くのを一時間前倒しする訳にはいかないので、着替えと髪のセットを済ませた後は一生懸命時間を潰した。

セットしたアラームを一分前の段階で止めて部屋を出ると、蒸し蒸しとした外気と、斜めになってきてはいるがまだ暑い日差しに出迎えられた。空には雲はほとんど無く、日差しを遮ってくれないのは残念だが、降雨の心配は無さそうだと前向きに捉えることにした。

美園の家へと向かう途中でふと気づいたが、僕は浴衣姿の彼女に何と声をかければいいのだろうか。可愛《かわい》い、綺麗《きれい》、似合っている、辺りはまず間違いなく抱く感想だが、せっかくなので少しは気の利《き》いた言葉でもかけたいところだ。しかし、恋人でもない男から捻《ひね》った褒め言葉をもらって嬉《うれ》しいものだろうか。

答えの出ないまま歩くと、美園の家の玄関はすぐ目の前になっていた。オートロックの玄関で、美園を呼び出そうと二、〇、まで押したところで内側から人が来て自動ドアが開いた。

「牧村先輩。こんにちは」

現れた美園が着ているのは、白地に赤、ピンク、薄紫の花柄の浴衣。葉の部分は緑や水色が配色されていて色鮮やかに仕上がっており、その上にピンクの帯を巻いていて、楚々《そそ》とした可愛らしい美園の魅力をより一層引き立てている。足元はやはり下駄《げた》。太めなピンクの鼻緒がアクセントになった可愛らしいもので、こちらもやはり美園らしい。

印象が少し違うのは髪形だ。普段下ろしている髪は左側で簪《かんざし》を使ったサイドアップに纏《まと》められており、そこに一房三つ編みが組み込まれている。浴衣と相まって、清楚な魅力の中に艶っぽさを見事に融合させていて、ドキリとさせられる……程度では済まない。

「こんにちは、美園」

褒めるところしかない。そのせいで逆にどう褒めればいいかわからない。

「どう、ですか？」

　上目遣いでそう尋ねた美園の顔からは、不安と緊張が読み取れる。その言葉を言わせる前に、そんな顔をさせる前に褒めなければならなかった。褒めたかった。

「可愛いよ。凄《すご》く似合ってる。綺麗だ」

　足りない。僕が今どれだけ、どれほど目の前の彼女の魅力に心を動かされたか、まるで伝えきれない。綺麗と可愛いを繰り返すしかない語彙力の無さが恨めしい。

「本当に、よく似合ってる。綺麗だ、可愛い」

「あの。もう、いいです。ありがとうございます」

　言葉が出て来ず、壊れたプレイヤーのように同じ単語を繰り返す僕の前で、気付けば真っ赤になった美園が、その顔を隠すかのように両手のひらを突き出していた。

　そんな美園の様子を見て、途端にこちらも恥ずかしくなってきた。言った言葉に一切嘘《うそ》は無い。むしろ表現するのに足りないくらいだと思うが、付き合ってもいない女の子の容姿をしつこいくらいに――というかしつこく――褒め続けたのは良くなかったかもしれない。

　小学生でも言えるような褒め言葉しか出てこなかったことといい、顔から火が出る思いだ。美園が嫌がっている様子でないことが救いだが、もうちょっとスマートにやれたのではないかと思うし、最初からこんな調子では後が思いやられてしまう。

「あの」

かけられた声に、いつの間にか地面に向いていた視線を上げると、朱に染まった顔のままの浴衣美人と目が合った。

「褒めてもらえて、凄く嬉しかったです。浴衣を着て良かったって、心から思えます」

照れた表情を浮かべた美園は、しっかりと僕の目を見たまま、はっきりとそう言った。

それだけで、抱いた不安が霧散していく。

「うん、本当に凄くよく似合ってるよ。浴衣、着てくれてありがとう。改めて、今日はよろしく」

「はいっ」

赤い顔の美園と、恐らく赤い顔の僕は向かい合って笑った。現在時刻は一六時二分。家を出る時には鬱陶しいと思った日差しが、今は不思議と綺麗に見えた。

バス停まで歩いて行く途中、美園は少し歩きづらそうにしているように見えた。いつも一緒に歩く時よりもゆっくりとした速度で歩いていたつもりだが、こういうところに僕の経験の無さが出てしまう。

口に出せば、きっと美園は僕に謝る。それが嫌で、黙って歩く速度を落とした。最初はすまなそうな顔をしていた美園だが、僕が敢《あ》えて気付かないフリをしていると、苦笑しながら「ありがとうございます」と、小さな声で口にした。

その様子に内心満足しながら、一人の時と比べたら半分ほどの速度でバス停までの道を歩く。大学正門前までは、このペースならば後七、八分。それまでは二人の時間だ。

「僕も浴衣着てくればよかったな」

隣を歩く浴衣の美園を見て思ったことの一つを、僕の口が正直に外へと出した。

普段の美園も勿論《もちろん》可愛いが、今日の彼女はやはり特別だ。僕が主催者ならば、花火よりも目を引いてしまうので入場禁止を考えるレベル。訪れたカップルに不和をもたらすのではないかと、冗談抜きで心配している。

そんな彼女の隣にいるのは、普通の夏服の平凡な見た目の男。せめて浴衣でも着て来れば、まだ多少は見劣りを抑えられたのではないかと思ってしまう。

「見たかったです、牧村先輩の浴衣姿」

冗談めかすように言って、僕の後悔を吹き飛ばしてくれた美園はふふっと笑い、更に言葉を続けた。

「来年は着てくださいね」

優しく微笑《ほほえ》む美園は、その言葉の意味と破壊力をわかっていないだろう。

「前向きに検討します」

本心では即答して約束を取り付けたい。来年と言わず、再来年もその先も。だというのに、来年どころか、来月でさえ一緒にいるにはどうしたらいいかわからない。そんな僕は、美園の言葉に素直に頷《うなず》くことは出来なかった。

バスの中には同じ目的地であろう同道者が多く、二人掛けシートはカップルで埋まっていた。幸い一人掛けシートには空きがあったので、美園を座らせてその横に立つ。

漢字はわからないが、立てばシャクヤク座れば牡丹《ぼたん》、とはよく言ったもので、浴衣姿で座る美園は、また別の美しさがあった。いつも通り背筋を伸ばして座席に浅く腰掛け、赤い巾着を膝の上に載せ、脚は僅かに斜めに流している美園は、間違いなくバスの中の注目を集めている。

「あの時から何回か乗っていますから、全部が全部ではなくなっちゃいましたけど」

横に立つ僕を見上げながら、口を開いた美園が何を言いたいかはすぐにわかった。

「やっぱり私、このバスが好きです」

大学から駅に向かうバスにはいくつかの思い入れがあると言う美園。その内の一回に、以前僕と一緒に出掛けた日も加えてくれている。今日もその思い出に並べてもらえるよう、僕も頑張らないといけない。

会場に着いたらどうしよう、どの辺りなら花火が綺麗に見えるかといったことについて話をしていたが、結局は落ち着ける場所を選ぼうということで互いの意見が一致したところで、ちょうどバスが駅に着いた。

「そろそろいいかな」

「はい」

他の乗客の大半が降りるのを見計らい、座席の美園に声を掛ける。何組かのカップルは彼氏の側が席を立つ彼女の手を取っていてなるほどと思ったが、真似《まね》をする度胸は無かった。

しかしそれだけではなくステップを下りる段階でも恋人の手を取っている場面が見えた。バスに乗る時は全く意識しなかったが、下駄を履いている美園は大変だったのではないだろうか。気付けなかった自分が情けない。

「美園」

運賃を払い終わった美園に、意を決して右手を差し出した。平静を装《よそお》って、このくらいは普通だよという顔を作っているつもりだが、心臓は早鐘を打っている。

「はい」

一瞬目を丸くした美園だが僕の意を汲《く》んでくれたようで、少し恥ずかしそうにしながらも優しく目を細め手を取ってくれた。白く華奢《きゃしゃ》なその左手は、触れたら壊れてしまいそうだと思った。それなのに実際には不思議なくらいにやわらかく、温かかった。

そのまま美園より一段下をキープすると、慣れない浴衣と下駄で不安なのだろう、彼女の手に少し力が入るのがわかった。ゆっくりと、一段一段ステップを下りる美園の手を取ったままバスを降りると、二人組がこちらを見ているのに気付いた。慌てて手を離すと負けたような気がするのでさり気なく離そうとしたが、少し俯《うつむ》きがちの美園の力が緩まない。

「美園、手」

正直この幸福が一秒でも長引くならあのバカップルにからかわれることくらい最早《もはや》どうでもいいのだが、恥ずかしいのか少しぼーっとしている美園につけ込むようなことはしたくなかった。

「あ……ごめんなさい」

声をかけると、美園は慌ててぱっとその手を離した。まだ暑い外気の中、急に右手に寒さを感じてしまう。

「お疲れ」

「様です」

そのまま待ち合わせ場所まで歩き、ニヤニヤした成さんと志保と挨拶を交わす。

「お疲れ様です。今日はよろしくお願いします」

「こんにちは。成島さん、しーちゃん。今日はお世話になります」

軽く会釈《えしゃく》をしただけの僕と違い、美園は三十度の綺麗なお辞儀をした。浴衣《ゆかた》という和装なこともあるせいか、その所作が普段よりも更に洗練されて見える。

「美園は浴衣か。色合いもキレイだし、よく似合ってるな」

「ありがとうございます。褒めて頂いて嬉しいです」

何、そのナチュラルで自然でスマートなやり取り。

軽い嫉妬を覚えていると、トントンと肩を叩《たた》かれた。見れば志保が私も褒めろと言わんばかりに、こちらを見ていた。紺の浴衣に白い花が咲いており、帯は淡い水色。髪は編んだ部分が半円を描き、花冠を載せているような印象を受ける。口に出すのは何故《なぜ》か悔しく思ってしまうがよく似合っている。

「似合ってるよ、ほんとに」

「ありがとうございます。マッキーさんにしては上出来ですね」

「一言余計だ」

自覚はあるが。

言うだけ言った志保は向きを変えて美園の浴衣を褒めている。美園も同様に志保の浴衣を褒めている。柄や全体のイメージなど、女子同士ということで目の付け所の細かい会話はいつか参考に出来るだろうか。

「頑張ったな」

「まあ……」

今度は別方向からポンと肩を叩かれた。先ほどはニヤニヤしていたが、今の成さんは落ち着いた笑みを浮かべている。

「成さんは浴衣じゃないんですね」

「宿取ってるから荷物もちょっと多くてな。今はコインロッカーに入れてあるけど、俺が浴衣だと運ぶ時に不便なんだ」

「なるほど。僕だけ浮かなくて助かりました」

ニヤっと笑って「感謝しろよ」と言った成さんは、女子二人に向けて「早いけど、飯にするか」と声をかけた。元々会場に向かう前に早めの軽い夕食をとって行く予定だったので誰も異論は無い。

「店は駅ナカでしたっけ？」

「ああ」

成さんが選んだのは回転寿司《ずし》だった。醤油《しょうゆ》に気を付ければ撥《は》ねないし、食べる量も本人のコントロールが利《き》くので浴衣でも問題無いだろうとのことだ。あとは和の雰囲気、だそうだ。

「ほんとは回らない所に連れて行ってやりたかったんだけどな」

食後、伝票を持った成さんが苦笑を見せた。因《ちな》みに女子二人は今お化粧直しの最中だ。志保から誘ったので、恐らく成さんと事前に話がついていたのだと思う。

「僕も払いますよ」

「後輩の前なんだしカッコつけさせろよ」

「僕もカッコつけたい後輩がいるんですよ」

「お、言うなー」

一瞬驚いたような表情をした成さんは、愉快そうに笑う。

「まあそれは後に取っとけよ」

財布を取り出そうとした僕を手で制しながら、成さんはもう片方の手で伝票をヒラヒラさせた。

「ありがとうございます」

「おう。まあ成り行きっぽかったけど、手も繋《つな》げたみたいだし、会場でもちゃんとエスコートしてやれ」

「あれは繋いだというか、なんというか」

「肝心なところでヘタレるよな、お前」

呆《あき》れたような視線を受けたが、反論のしようも無い。しかし——

「でも、今日はちゃんと頑張ります」

頼りになる先輩は、それを聞いて満足げに笑って、レジへと歩いて行った。

駅から会場までの約二キロの道中、すれ違う人の数は少ない。人の数自体が少ない訳ではなく、皆同じ方向に進んでいるのが理由だ。小中高に大学生も夏休みに入っているので駅方向に向かう人が多くてもいいと思うのだが、花火大会の混雑を嫌って時間をずらしているのかもしれない。

「やっぱり皆さん花火大会に向かう人なんでしょうか？」

「全員が全員って訳じゃないだろうけど、それでもほとんどがそうなんじゃないかな」

横を歩く美園が軽く周りを見回しながら尋ねてきた。ほとんど、というのは誇張ではないと思う。浴衣を着ている人はほぼ間違いないだろうし、男女ペアや家族連れもわざわざ混雑する日に混雑する方向を選ばないのではないだろうか。

「会場は凄《すご》く混みそうですね」

「そうだなぁ」

嫌でも目に入る目の前を歩くバカップル、所謂《いわゆる》恋人繋ぎで固く繋がれたその左手と右手から視線を外してちらりと美園を窺《うかが》ってみると、バッチリ目が合った。

「あー。美園は成さんとは面識あったみたいだけど」

「はい。しーちゃんと一緒の時に何度かお会いしています」

「その時もあんな感じ？」

「そうですね。あんな感じです」

きっとそうだろうなと思って尋ねてみたら、美園は苦笑しながらそうだと答えた。

「でも、少し憧れます」

少し細められた美園の目が向く方向は、先ほど僕が見ていた場所と同じだろう。

「そうか」

周囲に目を向ければわかるが、成さんと志保が特別な訳ではない。はぐれてしまうほどではないが、人混みの中で手を繋ぐカップルは多いし、浴衣を着ている女性が手を引かれている割合は更に大きいように思う。

「そうなんです」

小さく言った僕を見上げながら、美園が動かした唇からは静かな呟《つぶや》きがこぼれた。

「思ってたよりは混んでないな」

観客数五十万人超え、成さん曰《いわ》く凄い混雑が数キロに及ぶとのことだったが、会場に着いてみると想像していたよりも全体的な人は少なく思えた。ただし川の方は聞いていた以上に混んでいる。特に花火が上がる中洲《なかす》の正面辺りには近付きたくないし、絶対に美園を近付かせたくないくらいに人がぎゅうぎゅうだ。逆に土手に近い方は割と空《す》いている。

「そうですね。後ろの方なら座って見られそうです」

「だね。レジャーシート持って来て良かったよ」

文化祭のステージとは違い花火は空高く打ちあがるので、離れたところからでも十分見られる。場所さえ選ばなければ一時間前の今からでも問題なくレジャーシートを広げられそうだ。

「俺たちは前よりに行くけど、そっちはどうする？」

「僕たちは後ろの方で座って見ます」

「そうか。帰りはどうする？」

「やっぱり一斉に人が帰るんですよね？　合流するのも難しいと思いますし、なんとかして帰りますよ」

「ちゃんとエスコートしてあげてくださいよ」

「ああ。任せてくれ」

　成さんに帰りの話を振られたところに、珍しく真面目な顔をした志保が口を挟んできた。茶化す様子もなく純粋に美園を心配している志保に、僕も真面目に答えてその通りに行動することを約束する。

「ならいいんです。じゃあ美園、またね」

「うん、またね。成島さん、しーちゃん。ありがとうございました」

　またも綺麗《きれい》なお辞儀をする美園にひらひらと手を振り、成さんは僕の肩に手を置き、「今度話聞かせろよ」とだけ言って、返答も待たずに志保の方を見た。志保は志保で美園に何か耳打ちをしていたが、口を尖《とが》らせた美園にぺちんと肩を叩かれていた。見たことの無い光景だが、二人の時にはこんなやり取りもしているのだろうか。頭を撫《な》でることよりも羨ましく感じる。

「お待たせ、航くん」

「じゃ、行くか」

「うん」

手を繋いで歩いて行く二人を見送って周囲を見渡してみると、レジャーシートを広げられそうな場所が近場にも何ヶ所かあった。

「どの辺にしようか？　希望が無ければあの辺でどうかと思うんだけど」

「はい。あそこがいいです」

僕が指差した場所は比較的狭いスペースだったが、その分レジャーシートを広げてしまえば後から横を詰められる心配は無さそうな場所だった。美園が同意してくれたので、「すみません」と声をかけながら先に座っていた人たちの陣地の隙間を通って行く。

美園を伴って進んでいると様々な色のレジャーシートに座る人たちからの視線を感じる。もちろん僕に集まる視線はついでだ。グレーのシートに座るカップルをちらりと窺うと彼氏の方は完全に美園に見惚《みと》れていて、彼女の方が機嫌を損ねた顔をしている。気持ちはわかるがご愁傷様だ。

「はいどうぞ」

バッグの中から今日のために買った水色ベースのレジャーシートを取り出して広げて促すと、美園は律儀《りちぎ》に「失礼します」と会釈をしてから下駄《げた》を脱いで、白い浴衣の裾を押さえながら腰を下ろす。座り姿はもちろんだが、それまでの所作も流れるように自然で惚《ほ》れ惚《ほ》れする。

花火を指して夜空の花とはよく聞く比喩だが、それより先に綺麗な花が咲いた。隣に座っていいものかとさえ思ってしまうが、「どうかしましたか？」と僕を見上げる美園に、ごめん見惚れてたと素直に言う訳にもいかない。

「場所も確保出来たし、甘い物とか飲み物とか買って来るよ。何がいい？」

会場には屋台も出ている。早めの食事を済ませているので主食系の物は要らないだろうが、デザート系や飲み物の屋台もしっかりと存在している。こういう時の定番であるかき氷やりんご飴《あめ》もあったはずだ。

「あ、じゃあ私も一緒に行きます」

美園にはレジャーシートの番として残ってもらおうと思っていた。ただ、場所的にされづらいとは思うが、ナンパの心配が無い訳ではない。浴衣《ゆかた》で大変だろうしここで休んでいてもらおうか、それともリスクを考えて一緒に来てもらおうか。一瞬考えたところ、美園は少し眉尻を下げ「いいえ」とはにかんだ。

「違いますね。一緒に行きたいんです。会場の雰囲気の中、牧村先輩と一緒に歩きたいです」

レジャーシートの内と外、座っている美園と立っている僕。見上げる形になった彼女が、気恥ずかしそうに頰を撫でる髪に触れた。

「ああ。一緒に行こ……一緒に色々楽しもう」

美園の望みを叶《かな》えてあげたいとは思ったが、それ以上に彼女の言う通り、美園と一緒に楽しみたいという気持ちが強かった。だからもう反射に近い速度で頷《うなず》いて返すと、彼女は「はい」と嬉《うれ》しそうに目を細めた。

シートの上に僕のバッグを残し、二人で一緒に屋台へと向かう。周りに人もいるし盗まれたりどかされたりすることも無いだろうし、仮に盗まれても大した物は入っていない。

またもや「すみません」と声を掛けつつ、先ほどとは反対に他人の陣地の隙間を縫って進む間も、やはり美園は注目を浴びていた。視線を向ける側も反省したのかさせられたのか今度はガン見ではなくチラ見程度だ。

「日没が近いですけど、ライトがあって明るいですね」

「だね。ああいうちゃんとした投光器じゃないけど、文化祭でも設置型の明かりなんかは結構使うよ」

「去年の私は夕方前には帰ってしまいましたからライトを見ませんでしたけど、十一月だと日の入りが早いですから、確かに必要になりますね」

納得したように頷き、手をかざしながらＬＥＤ式のライトに視線を送った後、美園は辺りを見渡す。

「そう考えると、屋台がたくさん出ていることや色んな方が来ることもそうですけど、花火大会には文化祭と通じるものがたくさんありそうですね」

「確かにね。だけどなんか、雰囲気を楽しむと言うより視察に来たみたいになってるよ」

「あ……確かにそうでしたね」

楽しそうに僕を見上げていた美園がはにかみを見せ、少しだけ首を傾ける。簪《かんざし》を使ってまとめているから、普段同じ仕草をする時よりも髪が揺れない。

「でも、最初に文化祭のお話をしたのは牧村先輩ですよ？」

「……確かに」

今日の彼女の姿にまた一つ新鮮さを感じながら苦笑で応じると、美園が「もう」と口元を押さえてくすりと笑う。やはり浴衣だと、こういった可愛《かわい》らしい仕草の中に別の魅力も感じる。

「でも、屋台を見ると、お祭りや縁日とは少し雰囲気が違いますね」

少し先の屋台に目をやった美園の視線を追いかける。

「うん。お祭りとかだと道の両側に店が出てるもんなあ」

観覧の邪魔にならないようになのか、屋台は花火が上がる方とは逆、土手側横一列に並んでいる。

「それもそうですけど、食べ物の屋台ばかりで、金魚すくいなんかの遊ぶお店が無いこともですね。メインの催しが花火大会なんだって、こういったところからも伝わりますね」

「……ああ、言われてみれば。文化祭の模擬店は全部食べ物だから、そういうとこ気付かなかったな……あ、ごめん」

また文化祭の話をしてしまった僕を見てふっと笑い、美園が優しく首を振る。

「いいんですよ。牧村先輩が実行委員を大好きなのは知っています……そういったところも素敵だと思いますから」

「……あ、ありがとう」

ストレートな誉《ほ》め言葉にそう返すのがやっとで、優しく見つめてくれる瞳に吸い込まれそうな錯覚を覚える。これも花火大会の雰囲気が為《な》せる業なのだろうか、心音がまるで花火のようだ。思わず視線を美園から外し、屋台へ向けた。

「屋台、並ぼうか。何食べたい？」

「はい。そうですね……ええと」

横一列に並ぶ屋台を端から眺めている最中、美園が一つの屋台で目を留めた。

「じゃあ、クレープが食べたいです」

「了解」

「牧村先輩は何を買うんですか？」

「美園と同じのにするよ」

「え？　クレープでいいんですか？　甘いですよ」

「食べられない訳じゃないからね」

　並んで一緒の物が食べたかったという本心を隠して笑いかけると、美園は少し考えるようなそぶりを見せてから口を開いた。

「私は苺《いちご》と生クリームのクレープにするつもりですから、本当に甘いですよ？　牧村先輩は甘さが抑えられた物の方がいいんじゃないでしょうか」

「あ、それもそうか」

　並んで一緒、の部分はクレープという括《くく》りで我慢しよう。

「それに。別の物を買えば、ちょっとずつ交換も出来ますよ」

「いや、それは……」

　少し照れたような美園から思ってもみなかった提案が飛んできた。ただそれは、間接的なアレということになる。大学生にもなってこんなことでうろたえるのも情けないし、本音では頷いてしまいたいが、かと言ってやはり気は引ける。

「そういう訳にもいかないから、やっぱり僕も同じのにするよ」

「嫌なんですか？」

うるさいくらいに主張する本音を抑えて、必死で絞り出した言葉だというのに、上目遣いの美園は拗《す》ねている。

「じゃあ美園は二つ買えばいいんじゃないか？」

「それじゃあダメなんです」

理由はわからないが少し悲しそうな顔の美園に耐え切れず、結局僕は比較的甘さ控えめの、フルーツ多めなクレープを購入した。この後のことは考えていない。

クレープを買った帰りに、飲み物を買って自分たちのレジャーシートまで戻ったが、シート自体も場所も、僕のバッグも完全に無事だった。美園は行きも帰りも注目を集めていたが、隣に虫除《むしよ》けがいたため、囲まれることはおろか声を掛けられることも無かった。

花火が上がるまであと三十分と少し。クレープには二人ともまだ手を付けていない。

「それじゃあいただきますね」

右隣に座る美園がニコリと笑ってクレープに口を付けた。先ほどの会話のせいで、彼女の淡紅色の唇から視線が外せない。頬にかかる髪をかき上げながら控えめに口を開き、苺のクレープを小さく齧《かじ》るその様子は、可愛らしいはずなのにどこか煽情《せんじょう》的に感じてしまう。

「おいしいです」

幸せそうにそう言った美園は、僕の手元を見て「食べないんですか？」と尋ねたが、意識を別のことに奪われていたため、「ん？」と少し適当な返事を返してしまった。

「雰囲気込みで楽しむものらしいですよ？」

「それもそうだね」

何故《なぜ》か少しいたずらっぽい笑みを浮かべた美園に、苦笑しながら頷く。雰囲気込み、というのなら今は何を食べても美味《うま》いだろう。

先ほどの美園よりも大きな一口で齧《かぶ》りつくと、一瞬口の中に生クリームの甘さを感じたが、すぐにキウイなどの酸味がそれを抑えてくれて、僕にとってはちょうどいい甘さになった。

ふと視線を感じて右に目をやれば、ニコニコと笑う美園がこちらをじっと見ていた。

「あんまり見ないでくれ」

「お返しですよ」

ふふっと笑う美園は先ほどの僕の視線に気づいていたようで、優しく見つめられてくすぐったい。

「どうでした？」

「美味かったよ。甘さがちょうど良かった」

「それじゃあ」

一拍置いて、美園はおずおずと右手を僕の方に差し出した。小さな一口分だけ齧られたクレープを持った右手に、左手をそっと添えて。まじまじとそれを見ながら冷静に考えてみると、扇状のクレープであればこの状況で間接的なアレは発生し得ない。ほっとすると同時に、少し残念な気持ちがある。

「どうぞ。牧村先輩にはちょっと甘いかもしれませんけど」

「多分大丈夫だけど。いいの？」

「はい。もちろんです」

間接的なアレではないものの、これは所謂《いわゆる》『はいあ〜ん』というヤツだ。ニコリと笑う美園の顔は少し赤い。

雰囲気込みで味わうのなら、これは間違いなく美味いはずだ。恥ずかしい気持ちはあるが、こういう時の美園は多分退《ひ》かないし、何よりこの機会を逸してなるものかという気持ちが勝った。

「じゃあ、いただきます」

「はい。どうぞ」

少し控えめな一口をいただくと、口の中に広がる甘さは思ったよりも控えめだった。苺の酸味のせいなのか、僕が感じる空気の方が甘いせいなのかはわからない。

「ごちそうさま。美味かったよ」

雰囲気込みでだが、間違いなく美味かった。幸せだったと言うべきかもしれない。

「それじゃあ次はこっちだな」

満足げに笑う美園に、どんな反応をするかと内心楽しみにしながら、右手のクレープを差し出した。しかし――

「はい。いただきますね」

あまりにも自然に、美園は僕の方へと身を乗り出し、空いた左手で頬にかかる髪をかき上げながら、差し出したクレープに口を付けた。浴衣《ゆかた》と合わさり威力を増した艶っぽい仕草と、のぞく白いうなじの色気に正直どうにかなりそうだった。右手を差し出しており、左手には体重をかけていたことが幸いしたと思う。

「ごちそうさまです。こちらの方がおいしい気がしますね」

体を起こした美園が、ふふっと笑う。その頬は少し赤い。完全に上手だと思った彼女もやはり多少は恥ずかしかったようで、程度の差はあれど同じ気持ちだったのだとうれしく感じてしまう。

「そっか」

「はい」

朱が差して少し緩んだ美園の頬からは、嬉《うれ》しさと気恥ずかしさが伝わってくる。僕の方も同じだったが、恥ずかしさに負けて絡《から》めたままの視線を外したのはこちらがさき。視線の行く先は手元のクレープ。

「あ」

食べさせ合う時には問題が無くても、残りを食べる時にはどうしても口を付けなければいけない訳で。

「どうかしましたか？」

美園は不思議そうに僕を見た後、僕の視線の先に目をやり、そして最後に自分の右手を見た。ほのかな温かみが燃える色へと変わっていく。

「まあ……気にすることじゃないよな。うん」

「そう、ですよね。私たち、もう大学生ですから」

やましい気持ちしかない僕の言い訳は、美園に対してのもの。彼女の側は自分自身に対してだろうか。それでも、気にしないと言うのだから素直に受け取るべきだ。別に気にせず食べたっていいんだ。

「間接……キスくらい、平気です」

カタカナにして二文字、アルファベットでは四文字のその単語は、敢《あ》えてその言葉を考えないようにしてきた僕の動きを止めるのには十分だった。そんな僕を見てか、真っ赤な顔の美園も動きを止めて俯《うつむ》いてしまった。

ちらりと美園を窺《うかが》うと、彼女の方もちょうど同じタイミングでこちらを見ていて、ぴったりと目が合う。緊張気味だった美園がえへへと少しだけ表情を崩したところで、ちょうど会場内のスピーカーからアナウンスがあった。

「三十分前か」

来場への感謝から始まり花火大会の歴史の解説へ続き、今日の開始から終了までの流れが簡単に説明された後、開始五分前には一部を残してライトが消えるという注意喚起があった。

「……暗くなる前に食べちゃわないとですね」

「……だね」

近くのスピーカーを見上げていた美園が視線を僕へと下ろし、恥ずかしそうに笑う。それに頷《うなず》き、意を決してクレープに齧りつくと、美園も同じように僕よりだいぶ小さな一口で食べ始めた。

互いに顔を逸《そ》らす機会を失ってしまったかのように視線を外さず、ただ黙々と。夕焼けの時間はもう過ぎてしまったのに、美園の顔には夕焼けがまだ見えた。きっと彼女からも夕焼けが見えたことだろう。


日の入りが過ぎ、会場には夜が訪れ始めた。開始五分前になると再度アナウンスが入り、事前の告知通り会場内の明かりが徐々に消えていく。続いて最初に打ち上がる花火の説明が入り、『それではお楽しみください』の言葉で結ばれた。

「始まるな」

「はい。楽しみです」

僕に笑顔を向けた後、美園は打ち上げ場所の中洲《なかす》の上空を見上げた。釣られて僕も同じ方向を見上げると、少しして夜空に丸い光の花が咲き、一秒ほど遅れてドォンという音が届いた。

始まりは一発の花火からだったが、そこからは連続で次々に花火が打ち上がる。色とりどり、形も丸い物から柳のような物、一見不定形に見える物が続々と。不規則に打ち上げているように見えて、きちんと計算されているのだろう。雑多な印象は一切無い。

「綺麗《きれい》」

「うん」

打ち上がる花火の音と観客の歓声で、会場は喧騒《けんそう》に包まれていた。それでも、小さく呟《つぶや》いた美園の声ははっきりと聞こえた。

花火を見上げる美園を横目で見て、君の方が綺麗だなどという使い古された言葉を思い浮かべた。フィクションなどで聞くそれは、キザなセリフだと思っていたし、今でも思う。しかし、使い古されるのには理由があるのだと、今わかった。

花火大会はつつがなく進んでいった。

その間美園との会話はあまり多くはなかったが、彼女は花火が見たくてここに来ているし、僕もその大義名分があるので特に気まずいということはまるでない。

それに花火自体も――美園には遠く及ばないものの――今まで見たものよりもずっと綺麗だと感じている。花火なんてただの炎色反応だという空気の読めない理系男のジョークがあるが、たとえ冗談でもそんなことを思えない。誰と見るか、どんな気持ちで見るかというのがこれほどまでに感情に影響を与えるのだなと、とても不思議で新鮮で、そして温かな気持ちを抱いた。

夜空の光と音が一旦止《や》んだのは終了予定時刻まで残りおよそ二十分に迫った頃だった。フィナーレに向けて今日一番の連続花火が打ち上がるという案内が会場に響き渡ると、周囲からは期待混じりの歓声が上がる。

右に座る美園に声をかけようと思い視線を夜空から下ろすと、こちらを見ている美園と目が合った。

「牧村先輩」

真剣な顔をした美園の呼びかけに頷くと、彼女は深呼吸をしてから言葉を続けた。

「試験の前の約束、覚えていますか？」

「もちろん。何がいい？」

試験を頑張ったご褒美《ほうび》。結果は出ていないが、美園が頑張っていい結果を残すと宣言した以上、出来がどうだったかなどと聞く必要も無い。

「はい。お願いがあります。私——」

おずおずと口を開いた美園のお願いを、一度に打ち上がった多数の花火と今日一番の歓声がかき消した。「私」から先の言葉は聞こえなかった。

美園自身も言葉が届かなかったことはわかったのだろう、少しシュンとして俯いてしま

った。しかしそれも一瞬だけ。すぐに顔を上げた彼女は、その勢いのまま左に座る僕との距離を詰めた。肩が触れ合う距離、と言うか実際に触れている。そんなことに緊張している暇も無く、美園の顔が近づいて来る。わかっている、声を届かせるためだというのは。それでも、開かれた唇から目が離せない。心臓の鼓動は否応《いやおう》無く高まる。

「私の頭を撫《な》でてほしいんです」

僕は間抜けな顔をしたかもしれない。あまりの都合の良さに聞き間違いかとも思った。美園を好きだと自覚してから二ヶ月半ほど、僕がずっと願っていたことをお願いされたのだから。

「頭を撫でてもらいたいんです。『頑張ったね』って褒めてほしいんです。牧村先輩に」

頬を染め、潤んだ上目遣いで僕を見る美園は、痛いほどに真剣だった。今日一番大きなはずの花火の音さえ、どこか遠くに聞こえる。

「頑張ったね」

自分の欲求を抜きにしても、元々僕に出来ることなら何でもするつもりでいた。出来ないことだって、何とかしてみせるつもりでいた。

出来る限り優しい笑みを浮かべたつもりだが、美園からはどう見えているだろう。右腕を伸ばし、背中越しに美園の右側の髪を撫でた。

触れた瞬間、美園はほんの少しピクリと反応し、そんな自身の反応に恥じらうような笑みを浮かべた後、頬を緩めて目を細めた。

「はい。頑張ったんです。ずっと、そう言ってほしかったんです」

ゼロ距離で大好きな女の子からの熱っぽい視線を受け、自分の顔が熱くなるのがわかる。

「髪、乱れちゃうな」

照れ隠しでそうは言ったが、今この手を離したいとは思わない。

「構いません。だから、やめないでください」

その言葉の僅かに後、触れ合っていた肩に少し重みがかかる。首筋に僅かに触れる、彼女のサイドアップの部分が少しくすぐったい。

頭を預けられた以前の寝たフリの時とは少し違う重み、今日は体ごと預けられている。僕の服と美園の浴衣、薄い二枚の布のみで隔てられて触れ合う肩と肩。彼女の体温を薄《うっす》らと感じながらではあるが、不思議と興奮は無かった。実際は昂《たか》ぶりもあったのかもしれないが、愛《いと》おしいという思いが何よりも大きく、他の感情を全て塗りつぶしたのだと思う。

「花火が綺麗です。今までで一番」

「うん」

夜空に咲き誇る無数の花々に、どうかこのままずっと咲き続けてほしいと、無理な願いを込めた。

閉会のアナウンスが流れるまで、僕は自分の右手の場所をけっして変えなかった。より正確に言えば、流れてもまだ変えていない。美園が何も言ってこないのをいいことに――流石《さすが》にずっと撫でていた訳ではないが――約二十分間もずっと彼女の頭に手を置いていた。体勢のせいで美園の顔は見えない。撫でてほしいとは言いましたけど、流石に二十分はちょっと……、とか言われないだろうか。

「あ……」

そんな想像をしてしまい、慌てて右手をどかして美園から距離を取ると、彼女は静かな声を出した。それが少し寂しそうだと思ったのは、多分に都合のいい想像のせいかもしれない。

その時の美園の様子はわからなかったが、彼女はすぐに横座りから正座へと、なめらかに居住まいを正した。

「あの。ありがとうございました。わがままを聞いて頂いて」

真面目な顔で軽く頭を下げる美園を見て、つい今まで夢を見ていたのではないかと錯覚しそうになるが、僕の右手がそうではないと教えてくれる。

「このくらいなら全然。と言うかごめん、ずっと触ってて」

気を遣ったつもりだが、やはり美園の右側の髪は少し乱れてしまっていた。

「私がお願いしたことですし、何よりも……いえ何でもありません」

そう言って美園は頭の右側に触れた。少し乱れた髪をそっと撫でながらなのに、温かに色付いた顔にはどうしてか幸せそうな笑顔が浮かんでいた。言い淀《よど》んだ後半の言葉は気になったが、優しく微笑《ほほえ》む美園に見惚《みと》れてしまう。

「あー。そろそろ行こうか。少し下流側まで歩けば臨時のタクシー乗り場があるみたいだから」

見惚れてしまったことへの誤魔化しもあるが、実際に周囲のカップルや家族連れは既に片付けを始めている。

「はい」

ニコニコと笑顔を見せる美園は、返事をしてすぐに下駄《げた》を履いてレジャーシートから立ち上がる。僕たちはここでほとんど飲食をしていないので、片づけはほぼシートを畳むだけ。それ自体は本当にすぐ終わり、シートとペットボトルをバッグの中にしまい、立ち上がった。しかし一瞬だけ眩暈《めまい》がしてたたらを踏んだ。

「牧村先輩！」

慌てた美園が僕に寄り添い、すぐに体を支えてくれた。心配をかけたというのに、申し訳ないが嬉《うれ》しかった。

「ごめん、ちょっと立ち眩《くら》み。昨夜ちょっと寝られなくて。心配かけてごめん。ありがとう」

心配そうに僕を見る美園に笑って見せ、「もう大丈夫」と告げるが、気遣わしげな視線は変わらない。

「大丈夫だよ」

もう一度伝えても、美園は何かを考えているような難しい顔をしている。最後に情けないところを見せてしまった。後悔していると、左手に温かな、そしてやわらかなものが触れた。

「バスを降りる時には支えてもらいましたから、今度は私が支えますね」

驚いて自分の左手を見ると、予想通り、僕のよりも一回り小さな右手が包んでくれていた。当然その右手は美園の右腕と繋《つな》がっている。

「はぐれても困りますし」

照れたように笑う美園に釣られて周囲を見れば、帰りの人の列は確かに、はぐれてしまいそうなくらいに混雑していた。そして、至る所で手が繋がれている。カップルはもちろん、子ども連れのお父さんお母さんも。今ここで手を繋ぐことは当然なのだと、そんな都合のいい勇気をもらった気がする。

「そうだね。はぐれたら困るな」

「はい」

どちらが先か、あるいは同時か、お互いの手に少しだけ力が入った。

そこからタクシー乗り場に着いて、順番待ちの後に乗車するまで、一時間ほどかかった。その間手は繋いだまま。乗り場に着いた後はその必要が無かったが、離さなかった。

「どちらまで？」

タクシーに乗車し、会場の出口へと走り出した運転手にとりあえず大学付近までと伝え、「近くなったらまた案内します」と言ってルートを決めてもらった。

しばらく道なりに走っていると、タクシーの運転手が何やら話しかけてきた。はっきりとは聞き取れなかったが「彼氏」「彼女」という単語が聞こえた。そう見えるのだろうか。だとしたら嬉しい……。なんだか意識がはっきりとしない、とても気持ちがいい気がする……。

「お疲れでしたら着くまで寝ていてください」

ああ。優しい声、何よりも好きな声だ。でもダメだ、眠ってしまったらこの声と――

「美園と、一緒だから……」

「私のことは気にしないでください。さあ」

体を支える優しい手に引かれ、そのままやわらかな枕に頭が沈む。意識が溶けていくのを感じた。

◇◇◇

勇気を出して誘って良かった。心の中を占めるのは幸福感と、過去の自分への感謝と賞賛。そして片隅には僅かな罪悪感。

大好きな人と今、手を繋いでいる。手を引かれたことは今までもあった。恋に落ちた日、つまらない嫉妬心から嘘《うそ》をついた日、そして今日。

どれも彼が美園を心配して、ほぼ無意識にやってくれた行いだったが、今は違う。美園の方から彼の手を取り、引くような形ではなくしっかりと握り合った。本当は親友が恋人としているように指を絡《から》ませたいとも思ったが、流石に出来なかった。

手を繋いで少し歩き、そのままタクシーの順番を待った。会話はほとんど無かったが、そんなことは気にならなかった。

ただ、少しふらついた牧村への心配を口実に――もちろん本当に心配ではあるが――手を繋いだことを思い出すと、少し胸が痛んだ。

「もう二十二時か」

美園の体感ではタクシーの順番はすぐ回って来たが、歩き始めてからだと一時間近く経《た》っていると言った彼の言葉に驚いた。

タクシーのドアが開き、先に乗り込んだ彼が、繋いだままの手を優しく引いて美園を車内へと招き入れてくれる。

「ありがとうございます」

笑顔で応じ、大好きな人のその手に引かれた。しかし、美園が乗り込んだのを確認し、彼はその手を離した。無理なお願いだとはわかるし、口には出せないが、離さないでほしかった。離したくなかった。

「どちらまで？」

タクシーのドアが閉まる。運転手からの問いに、隣に座る彼が「大学付近まで、近くなったらまた案内します」と伝えると、「わかりました」という声と機器の操作の後、車は走り出した。

車内で彼は運転席の真後ろに座っていた。もう少し左に寄ってくれてもいいではないかと、後部座席の真ん中寄りに座った美園は思う。花火を見ている時は、ゼロ距離まで近付いた。その後はずっと手を繋いでいた。そのせいで、今の距離がとても遠く思える。

彼の左腕は、体に近い所にだらんと投げ出されている。お互いのシートの中央よりも右、わずかに彼の陣地へと侵入した美園の右手に気付く様子は一切無い。

「彼氏さんも鼻高いでしょ」

タクシーは会場の河川敷にある会場の出口から、そろそろ幹線道路へとぶつかる辺りまで進んできた。牧村と美園と、初老の運転手との間で他愛もない散発的な会話が途切れたそんな頃、その言葉は不意に飛んできた。

「彼女さんがこんなに可愛《かわい》いと」

容姿を褒められる言葉。普段なら「ありがとうございます」と返して終わりだが、今の美園にとって問題はそこではない。

考えてみれば当然だが、今の二人は恋人同士に見えてもおかしくない。それ自体は嬉しい。しかし、それを指摘されたくはなかった。指摘されてしまえば彼はそれをきっと否定する。否定してくれる、してしまう。

自分でもおかしな考えだと思う。美園と彼は恋人ではないし、以前親友の志保に伝えたように、しっかりと両想《りょうおも》いになってから恋人になりたいと思っていた。

それなのに今日、以前からお願いしていたご褒美《ほうび》にと、頭を撫《な》でてほしいと頼んだ。ちょうど花火と被《かぶ》ってしまったことを利用して、体がくっつく距離まで近付いて、体を預け、頭を撫でてもらった。半年以上前から、ずっと言ってほしかった言葉と一緒に。そしてその後、一時間もずっと手を繋いでいた。だから――

（今日だけは恋人でいたかったのに）

それが違うことは美園自身が一番よくわかっている。それでも、自分の大好きな人からそれを否定する言葉を今日だけは、今だけでもいいから聞きたくなかった。

しかし、彼から出るであろう否定の言葉を恐る恐る待っていたが、それは一向に訪れない。それどころか、彼は何も言わなかった。美園がおずおずと視線を右に向けると、大好きな先輩の目は半分閉じかけており、その頭はふらふらとしていた。

「牧村先輩？」

静かに呼びかけると、彼はゆっくりと顔を美園へと向けたが、様子はやはり虚《うつ》ろなまま。寝不足だと言っていたので、眠いのだろう。

「お疲れでしたら着くまで寝ていてください」

頭をふらふらとさせる彼がかわいいと、美園は思った。彼が美園に見せる顔は、不意の時を別にすればそのほとんどが先輩としての顔だ。それはそれで格好良くて素敵だと思う

ない。

彼が他の誰かにこんな顔を見せることはほとんど無いだろう。そう思うと、嬉しくて仕方美園だが、寝顔とはまた違う無防備な顔が微笑ましい。多分、普段からしっかりしている

「美園と、一緒だから……」

そんな状態の彼が発した言葉は、間違いなく彼の本心。一緒だから、で終わってしまったが、きっと美園が喜ぶ言葉が続いたはずだと思えてしまうのは、都合のいい想像だろうか。一緒だからまだ寝たくない、一緒だから安心して寝られるというのは、以前彼女自身が思ったことだ。彼が続けるはずだった言葉が、そうであったなら喜ばしい。

「私のことは気にしないでください。さあ」

そう伝えて、彼の体を自分の方へとゆっくりと倒す。少しずつ傾く体を、美園は温かな気持ちで優しく、優しく支えた。普段であれば絶対に出来ないこと、彼の頭を腿《もも》の上に優しく横たえ、その頬に触れた。彼からの反応は無い。すぐに寝入ってしまったようだった。

寝不足の中、気を張っていてくれたのかもしれない。少し申し訳ない気持ちもあったが、誰のために気を張っていたかは考えるまでもない。嬉しくないはずがない。

しかし本来なら彼が寝ていても、こんなことは出来なかったと美園は思う。それでも今日だけ、今だけは、恋人ならこんなことをしてもいいのではないだろうかと、偽りの自分

を全面に出した。整髪料の付いている彼の髪はサラサラとはいかなかったが、それでさえも愛《いと》おしいと思えた。腿にかかる重さですら心地いい。

「彼氏さん、寝ちゃった？」

尋ねてきた運転手と、ミラー越しに目が合った。すっかり忘れていたが、タクシーの車内だったことを思い出し、膝枕という美園にしてみればとても大胆な行為に、顔が少し熱くなる。

「はい。寝ちゃいました」

恥ずかしさと少しのためらいはあったが、「彼氏さん」という言葉を、彼の右肩にそっと手を置いたままの美園は否定しなかった。

「最初は、この男上手《うま》いことやったな、って思ったんだけど」

運転手は笑いながら、「彼女さん凄《すご》い美人だから」と続けた。少しくすぐったい思いで、「ありがとうございます」と返した美園に、彼は次の言葉を投げかける。

「こうして見てると、逆なんだね」

運転手から見たら、彼が美園を捕まえたと思えたのかもしれない。実際は付き合っている訳ではないが、美園が捕まえられたこと自体は間違いではない。あの日から、彼は美園の心を摑《つか》んで離さない。本人にその気どころか、自覚すらないのが悲しいところではあるが。

「逆、という訳でもないんですけど。でも、私の方がこの人のことを大好きなんです」

美園は誇らしい気持ちでそう答えた。

だからいつか、自分も彼の心を摑んでみせるのだと、そう決意を込めて。

◇◇◇

「――先輩。牧村先輩」

優しい声と同じく優しく体を揺すられる感覚で、沈んでいた意識がゆっくりと引き上げられる。

「う、ん……」

ゆっくりと目を開くと、目の前には濃灰色の壁。左側には白い何かがあり、自分の左側頭部はその白くやわらかな物に接している。そして天地の感覚がおかしい。

「くすぐったいです」

少し頭を動かしてみると、頭の右からくすりと笑う音が聞こえて、一気に目が覚めた。

目の前に見えるグレーの壁はタクシーの助手席、そして左にある白い物は美園の浴衣《ゆかた》。つまり所謂《いわゆる》膝枕をしてもらっていたらしい。

「ごめん！」

一瞬で覚醒した頭を無理矢理引き戻し、急いで太ももから頭を離すと、くすりと笑った美園が優しく声をかけてくれた。

「着きましたよ」

バツの悪い思いで美園を見るが、彼女は優しい笑みを湛《たた》えていた。彼女の側のドアは開いており、その外に見えるのは今や実家よりも見慣れた僕のアパート。

「いや、美園の家まで――」

「あんまり長居しちゃうと運転手さんにご迷惑ですよ」

少しだけいたずらっぽい笑みの美園に一瞬見惚《みと》れかけたが、大事なことを思い出した。

「あ、ああ。いや、お金」

「それなら彼女さんにもう払ってもらったよ」

「かのっ⁉」

「いや――」

ことも無げにさらりと言った運転手の言葉に、頭と顔が熱くなる。

「さあ、降りましょう」

慌てて否定しようとしたが、それよりも早く美園が僕の手を取った。やわらかな手にぎゅっと掴まれ、頭のキャパを超えてしまい、もう訳がわからない。

されるがままにタクシーを降り、「ありがとうございました」とお礼を言う美園につられ、僕もなんとかお礼の言葉を絞り出した。手はまだ繋《つな》がれたままだ。初老の運転手はそんな僕たちに笑顔で手を振ってから、車を走らせ去って行った。

「……そうだ。いくらだった？」

右のポケットから財布を取り出しながら、笑顔でタクシーを見送る美園に尋ねると曖昧な笑顔が返って来た。

「いいじゃないですか」

「そういう訳にはいかないよ」

「先輩だから、ですか？」

そうだと答えようとしたが、悲しそうな美園の視線に気付き言葉を続けられない。自信をもってそうだと言えないことも理由だろうか。先輩だから、という理由ももちろんあるが、一番の理由は好きだからだ。

好きだからわざわざタクシーを使った。タクシーの列待ちを考えれば、駅まで歩いてからバスに乗って帰っても時間だけ考えれば大差は無いというのに。足元が不安定な美園を混雑の中を歩かせたくなかった。大混雑するであろうバスに乗せるなどあり得ない選択だった。

何も言えないでいる僕に美園はふっと息を吐いて、僅かに沈んでいた顔を解いていたずらっぽく笑う。

「それに、お金を出せませんよね？」

僕の右手は財布を取り出しはしたが、そこから金を出すべき左手はニコリと笑う美園の右手に繋がれたまま。その右手に少しだけ力がこめられ、場違いかもしれないがとても気持ちがいい。

「離しませんからね」

「いや、でも――」

「今日だけは。今日だけでいいんです。お願いします」

笑顔だった美園がまた少し悲しそうな表情を見せ、繋いだ手にもう少しだけ力がこめられる。今日だけという言葉の正確な意味はわからないが、悲しみで潤ませた上目遣いはドキリと言うよりはチクリという音を僕の胸に与えた。

「わかったよ」

悲しみの色を吹き飛ばした美園が、「ありがとうございます」と満足そうに笑う。

「それ、こっちのセリフじゃないか？」

「いいんです。今日だけは特別なんです」

「そっか」

「はい。それじゃあ牧村先輩のお部屋まで送りますね」

まあ美園が満足そうにしてるからいいかと苦笑していると、彼女は僕の手を引いてアパートの階段へと歩き出そうとした。

「そっちじゃない」

軽く手を引いて美園の足を止めると、気遣うような視線が僕に向けられた。

「お疲れなんですから、今日はゆっくり休んでください」

一緒にいるというのに寝てしまったのだから中々反論しづらくはあるが、美園に譲れないものがあったように僕もここを譲るつもりはない。首を横に振ってその意を示す。

「でも――」

「膝枕のおかげでもう疲れは取れたよ」

口にするのは少し恥ずかしかったので、膝枕の部分は少しだけ小声になった。先ほどは平然としていた美園だが、改めて言及されるのはやっぱり恥ずかしかったのか、少しだけ顔を赤くしている。

「家まで送らせてほしい」

「……はい。お願いします」

「美園はいつから帰省？」

「明後日《あさって》、実家に帰る予定です」

「そっか」

「牧村先輩はずっとこちらなんですよね？」

「うん。もしかしたら日帰りか一泊くらいで帰るかもしれないけど、今のところ帰省の予定は無いね」

美園を送って行く途中、今日から夏休みに入っているので帰省や休みの過ごし方についてが話題に上がっている。因《ちな》みに、僕の左手は未《いま》だに拘束されたまま。両手が空くとタクシー代を払おうとするからと、美園は「家に着くまでずっとこのままです」と言って離してくれなかった。ズルいとは思ったが、少し困ったフリだけして素直に従っている。

「お盆が終わると、実行委員の活動も再開ですね」

「うん。夏の日中の作業だから暑いよ」

八月後半になれば看板等《など》のデザインも決まってくるため、以前下準備で作っておいた看板の下地に絵を描いて色を塗っていく作業が待っている。服が汚れないよう美園も待ち望んでいたスタジャンを着ての活動が始まる訳だが、通気性がいいとは言え一枚余計に着る訳で、当然暑い。

「気を付けないといけませんね」

「ほんとにね」

「でも、早く始まらないかなぁ」

待ち切れない、といった様子で呟《つぶや》いた美園の横顔が可愛《かわい》い。

そして早く始まらないかな、というのは僕も同意するところだ。今年の夏休み、特にお盆期間は周りが帰省するのに自分はこちらに残るせいで割と暇になる。しかも美園は二週間もこちらにいないのだ。いたとしても会う口実が無い訳だが、それでも気が遠くなるほど長く感じてしまう。

「とりあえず実家でゆっくりしてきなよ」

内心の寂しさを誤魔化すように、気軽さを装《よそお》って声を掛けた。

「花波さんとどこか行ったりするの？」

「……お姉ちゃんのことはいいじゃないですか」

「喧嘩《けんか》でもした？」

少しだけ機嫌の悪くなった様子の美園に尋ねてみると、少し気まずそうに「そういう訳じゃ、ないんですけど」と彼女は言葉を濁した。

「それにしても」

我ながら露骨だと思うが、なんとなく触れづらい空気を感じたので話題を変えることにする。

「その浴衣綺麗《きれい》だね」

白地に色とりどりの花が咲いた、楚々《そそ》とした浴衣。思えば最初に褒めただけだった。今日だけでも、僕は何度も美園に見惚れていた。何度も何度も、その度に言いたくて言えなかった言葉がある。

「ありがとうございます」

少し照れたよう笑顔で、美園は僕の言葉に応じた。

「でも、美園はもっと綺麗だ」

そんな彼女の目をしっかりと見て、今度は本当に伝えたかったことを伝える。

「綺麗だ」

「……ありがとうございます」

小さくそう言って顔を逸《そ》らした美園の耳は赤く、少しだけ歩く速度が増した。

それでも、握られた手はけっして離されず、逆に少しだけ力が込められたのがわかる。
だから僕も、繋いだ左手に、少しだけ力を込めた。

三章

美園《みその》と花火大会に行ってから週が明けた月曜日、今日は彼女が実家に帰る日だ。荷物持ちを口実に駅まで見送りに行こうかと思い、「二週間じゃ荷物多そうで大変だね」とジャブを放ってみたら、「はい。だからほとんどは先に送っちゃいました」と美しいカウンターを決められた。美園からしたらカウンターの意図は無いに決まっているが。

「さて、どうしたもんかな」

八月前半、つまり文実《ぶんじつ》の活動が無い期間は、二日に一回ほどの頻度でバイトのシフトを入れている。それ以外の日は、どこかでサネやドクを始めとした友人たちと集まることにはなるだろうが、どうせそれは夜になるので日中は暇だ。午前中はダラダラと過ごしたが、午後は何をしようか。

「本でも買うか」

以前生協で見かけた本を思い出しながら部屋着から着替え、髪のセットを済ませた。美園と会う確率はゼロだが、習慣化しておいて悪くないだろう。

「あっつ……」

エアコンをつけたまま玄関を出たが、八月の十二時台の暑さは想像していたよりもずっと酷《ひど》い。歩いて五分の道のりでさえ少し汗をかいた結果、控えめの空調なはずの生協内をとても涼しく感じた。

夏休みではあるが、第一週はサークルや部活動で訪れる学生のために生協は通常営業している。入口付近の食品コーナーには十人ほどがいたが、僕のお目当てである書籍コーナーは、全体で四、五人くらいだろうか。

そんな閑散とした店内で、遺伝子工学の専門書と同じく遺伝子系の一般書を一冊ずつ手に取って、普段ならほとんど行かない小説コーナーを覗《のぞ》いてみることにした。大学の生協だけあって漫画やライトノベルの類は売っていない――売っている大学もあるらしい――が、それでも比較的最近の人気小説などはある程度取り扱われているようだった。

そんな中で、一際《ひときわ》カラフルなポップで飾り付けられたコーナーが自然と目に入る。恋愛小説コーナーだ。『あなたも恋がしたくなる』などというありきたりな宣伝。大体既に恋をしている僕にはそんなものは響かない。僕は三冊の本を買って生協を出た。

「あれ。マキだ」

生協を出たところで左から声をかけられて、思わず生協の紙袋を後ろに隠すという、いかがわしい本を買ったような反応をしてしまった。もちろんその類の物は生協に売ってはいない。

「よ。久しぶり、ドク」

「そんなに久しぶりじゃないでしょ」

ドクのバイトするコンビニにはよく行くので、最後に会ったのは三日前の試験が終わった夜だった。そんな彼の左隣には、少し日に焼けた、ショートカットの活発そうな女の子がドクと手を繋《つな》いで立っていた。恋人繋ぎで。

「今日部活か。そっちの子が噂《うわさ》の彼女？」

「そうだよ。会うの初めてだっけ？」

「見るのも初めてだな」

ちらりとドクの彼女に目をやると、少し緊張気味にペコリと頭を下げてくれたのでこちらも同じように軽い会釈《えしゃく》で返した。

「紹介するよ。彼女の上橋綾乃《うえはしあやの》。こっちは文実で一緒のマキ」

「牧村智貴《まきむらともたか》です。よろしく」

「上橋綾乃です。よろしくお願いします」

またもお互いにペコリと頭を下げて上橋さんを窺《うかが》うと、以前ドクが惚気《のろけ》ていた通りの印象だった。身長は平均よりも少し下の美園と比べても更に低く、丸顔で愛嬌《あいきょう》がある。

「邪魔しても悪いから、僕はこれで帰るよ」

「うん。じゃあまた連絡するから」

「ああ。それじゃあ、上橋さんもまた」

「はいっ、ユキさんをよろしくお願いします」

はつらつとした様子で、彼女の方がまたも僕に頭を下げて別れの挨拶を交わした。既に妻かと言わんばかりの言い方だったが、それを見るドクは嬉《うれ》しそうにだらしのない顔を晒《さら》していた。そんな顔も、恋人繋ぎのまま生協の中に入っていく様も、正直とても羨ましかった。


家に戻ってから、メッセージアプリを起動して、文章を入力しては消してを繰り返している。暑い中生協まで往復して得た戦果も、袋から出す気すらしなくなっていた。

『今日も暑いな』『生協に行ったらドクと彼女にあったよ』『本買った』などなど。我ながらだからどうしたとしか言いようが無い。美園も返信に困るだろう。それならば『もう実家に着いた?』とでも聞こうかと思ったが、それも僕が聞いていいことだろうかと思うともう打つ手が無くなった。

「昼寝でもするか」

スマホをテーブルの上に置いて下だけ部屋着に戻し、普段ならほとんどしない真昼間からの睡眠を敢行したところ、エアコンの利《き》いた室内が快適だったおかげか何も考えたくなかったせいか、割とすっきりと眠りに入っていけた。


『無事実家に着きました』

旅行鞄《かばん》を持ったペンギンのスタンプと一緒に届いたそのメッセージに気付いたのは、辺りが暗くなってきた頃で、僕は浮かれながらも慌てて返信をすることになった。

◇　◇　◇

翌日はバイト。バイトはいい、働いている間はうじうじと悩むことも無く、時間が過ぎるのも早い。ずっとバイトに入っていられたら二週間くらいすぐではないだろうか。

「シフト増やしたい」

「足りてる」

休憩中にボソっと漏らした言葉を、リーダーが耳聡《みみざと》く聞いていた。

「知ってます。独り言です」

「何？　暇なの？」

「特に日中は暇です」

夜に関しては飲み会の約束がいくつか入っているが、日中は本当に暇だ。

「彼女とデートしないの？」

「帰省中ですし、そもそも彼女じゃありませんし」

意外そうに聞いてくるリーダーに答えると、呆《あき》れたようにため息をつかれた。

「なんですか？」

「いや。花火大会一緒に行って告白どころか次の約束も取り付けてないとはヘタレもいいところだね。と思ったけど言わない優しさをため息で表してみただけ」

「言ってますよね。というか八月入ってすぐ帰省するって言ってたのに、約束なんてしようがないじゃないですか」

「じゃあその子がこっち戻って来てから遊ぶ約束した？」

「……してませんけど」

「ほら」

リーダーは勝ち誇ったように言うが、僕にだって言い分はある。

「美園とは文実の活動で会えるんですよ」

「へー。美園ちゃんて言うんだ。それに文化祭の方で一緒だと」

「気のせいですよ」

「今更遅いわ」

　つい口が滑って情報を与えてしまった。とはいえノリは軽いが弁《わきま》えている人なので、店に来た僕の知り合いにポロポロとこぼすようなことは無いだろう。まあ、知り合いが来店した場合、あの中に美園ちゃんいるの？　くらいのことは僕に聞いてくるだろうけど。

「まあでも。文化祭のそれって、牧村君だけと会う訳じゃないでしょ？」

「……そうですね」

　少しだけ真面目な様子になったリーダーの言葉が、僕に刺さる。

「花火大会行ったとは言えさあ、さっさと捕まえとかないと別の子とくっついてるとかザラにあるからね」

「肝に銘じます」

　僕がそう言うと、彼女は満足そうに笑って僕の背中を叩《たた》いた。少し痛い。

「でもまあ。フラれた方がこの店的には助かるけど」

「美園にフラれたら大学から遠いとこにバイト先変えます。マジで」

「絶対その子逃がしちゃダメだからね」

こうして、美園がいない夏休みは過ぎて行く。

◇◇◇

今年十五歳になる君岡乃々香《きみおかののか》には姉が二人いる。

六歳上の長姉、花波《かなみ》は社交的で好奇心旺盛。色んなことに幅広く手を出すが、傍《はた》から見るといい具合に力を抜いて気楽に生きていた。

四歳上の次姉、美園は運動が少し苦手な以外は、大体何でも出来る自慢の姉。長姉と比べると行動範囲は狭いがけっして社交性が低い訳ではなく、真面目で何に対しても一生懸命に取り組んでいた。

乃々香が物心ついたばかりの頃は花波によく面倒を見てもらったが、六歳という年齢差がちょうど二人の小学校生活を入れ違いにした。必然、中学生になった花波は乃々香の面倒をみることが減り、次姉の美園が代わりに乃々香の面倒をみることが増えた。因《ちな》みに最初はそれに対して駄々をこねたらしい。ということを後に花波から聞かされた乃々香は、顔を真っ赤にして美園に謝った。

「おねーちゃん。おねーちゃん」

そんな風に姉を呼びながら乃々香が次姉の後ろをついて回るようになるまでに、時間はかからなかった。何をするにも美園と同じ物事を望み、また駄々をこねる。そんな乃々香に対し、美園が嫌な顔をすることは無かった。常に優しく、乃々香が良くないことをした時でさえ優しく正してくれる姉を、乃々香は家族の誰よりも好きになった。

美園は乃々香の自慢の姉だった。勉強も出来たし、ピアノをはじめとするいくつかの楽器も上手に弾けたし、立ち居振る舞いは美しく、家事も万能で、特に料理は母よりも上手だった。

唯一不満だったのが、乃々香が何度言っても外見が地味なままだったことだ。別にそれが姉の魅力を損なうとは思わなかったが、せっかく元が可愛《かわい》いのだからそれをもっと周囲にアピールさせたかった。

結局、次姉は大学入学を機に大幅なイメージチェンジを行ったのだが、それは長姉のアドバイスによるものらしく、想像以上の姉の姿によくやったと思う反面、素直に褒めこそしたが面白くないと思う気持ちも強かった。

そんな姉が夏休みで二週間帰省することになった。二ヶ月休みがあるのだから八月中はずっといてほしかったが、そこは渋々我慢した。

しかし、昼過ぎに帰って来た姉の様子はどこかおかしい。いつも穏やかだった姉が、落ち着き無くそわそわとしている。たまにスマホを取り出してみてはため息をつく。

「お姉ちゃん、どうかしたの？」

と聞くと「ううん。何でもないよ」と笑顔で返してくれるのだが、その笑顔はどこか寂しげだと思えた。

決定的だったのは夕食の時。次女の帰省に合わせて家族全員で夕食をとる、ということは事前に決まっていた。当然主役は美園で、彼女の話を中心に、食卓は和やかな雰囲気に包まれていた。しかし唐突に響いたピコンという電子音が、一瞬にしてそこから主役を奪い去った。

乃々香はまた花波かと思ったが、予想に反して機敏な動きを見せたのは美園の方だった。取り出したスマホを両手で抱え嬉しそうに顔を輝かせる美園は、周囲のことなど忘れたかのように指を一生懸命に動かし、難しい顔をしたと思えばまた笑顔に戻る。花波が同じことをすれば父は間違いなく叱るだろうが、あまりに予想外の事態なのか、結局何も言わなかった。

「彼氏君？」

「ちち、違うよ！」

動きの止まった父を余所《よそ》に母はのんきに尋ねたが、姉の反応は答え合わせのようなものだと乃々香は思った。固まったままの父の横で母は、「あらそうなの」と姉の言葉を真に受けたのか、頬に手を当てて首を傾《かし》げていた。

◇◇◇

次の日、乃々香は二人の姉と一緒に水族館へと出かけた。昨日はあの後、美園は二回目の電子音に、スマホを取り出しこそしなかったが露骨にそわそわとしだし、食事が終わるとすぐ部屋に戻ってしまった。

花波から「疲れてるだろうから、色々聞きたいことは明日にしなよ」と言われ、渋々ながら美園の部屋への突撃は諦めたものの、言葉の通りに今日は色々聞かせてもらおうと思っていた。しかし、大好きなペンギンのコーナーで目を輝かせながら水槽を眺める姉を見ていると、中々聞きたかった話が切り出せない。

「カナ姉はお姉ちゃんの彼氏のこと知ってるの？」

「うーん。私からはなんとも。本人に聞いて」

仕方ないので花波に聞いてみるものの、返答は曖昧。しかしどうやら秘密を共有していることは確かなようで、やはり面白くない。

「ねえ乃々香」

ムスッとしながら次姉の方を見ていると、突然振り返った美園が少し控えめな様子で、スマホを差し出してきた。

「どうかした？　お姉ちゃん」

「写真撮ってくれないかな？　水槽の前で」

「え？」

そのお願いはあまりに意外なものだった。乃々香の横に立つ花波を見ても、驚いたような顔をしている。美園はペンギンが好きでこの水族館に来るたびにペンギンの写真を撮っていたし、つい先ほどまでも撮影をしていた。だがしかし、今まで一度たりとも自分を写したことは無かった。昔父が「ペンギンの前で写真撮ってあげるぞ」とカメラを構えた時も、「私はいいよ」とにべも無く断っていたくらいだ。

「ダメかな？」

「ううん。そんなこと無いよ」

慌てて笑顔を作ってスマホを受け取り、姉に言われた通りのポジショニングから、少し照れながら控えめなピースサインをする美園を撮影していった。

「お姉ちゃん、どうしたんだろう」

「うーん。変われば変わるというか……」

水槽の前で少し注目を集める姉を誇らしいと思うよりも、初めて見せるその姿に乃々香は心配になって小さく呟《つぶや》いた。花波も事情は知っているらしいが、それでもやはりまだ驚きがあるようだった。

「ありがとう乃々香。お礼に何か買ってあげるね」

撮り終えたスマホを渡すと、美園は写真を少し確認した後、嬉《うれ》しそうにそう言って乃々香の頭を優しく撫《な》でた。

「このくらいなら全然」

少しのくすぐったさと、誇らしさと嬉しさを隠さず、乃々香は大好きな姉に答えた。

「お姉ちゃん。さっきの写真は彼氏さんに見せるの？」

花波が運転する帰りの車の中、乃々香は意を決して後部座席で隣り合って座る美園にそう尋ねた。

「え！　彼氏は、いないよ……？」

「嘘《うそ》。お姉ちゃんわかりやすいもん」

露骨に動揺した美園に、乃々香はそれを嘘だと判断した。これだけ綺麗《きれい》になった姉なので、大学で恋人が出来ても何の不思議も無い。父は目を背けるだろうが、乃々香としてはごく当たり前の可能性として考えていた。

「嘘じゃないんだけどなぁ……。本当に恋人はいないよ」

しかし、困ったような顔で続けた美園の言葉は、嘘だとは思えなかった。

「もう言っちゃえば？」

「うーん。お父さんとお母さんには内緒だよ？」

「うん。絶対言わない」

運転席からの花波の声で、美園は乃々香に優しく微笑《ほほえ》んだ。

「私ね。好きな人がいるの。とっても大好きな人」

そう言った姉の表情は、乃々香が初めて見るものだった。物心がついて十年以上、ずっと見て来た姉の、それでも知らない顔。愛《いと》おしいものを見るような、大切な物を思い出すような、もしも乃々香の知っている言葉で表すのならそんな表情。

「だからね。その人に色んな私を見てほしい」

そう言った姉は、乃々香のよく知る穏やかな笑みを湛《たた》えていた。

「どんな人なの？」

姉がその人のことを好きなのはわかったが、これだけ魅力的な姉の片想《かたおも》いだというのは少し、いやかなり許せないものがあった。さぞかし凄《すご》い人物でなければ姉をやるものかと、シスコンを全開にして発揮するつもりで、乃々香は尋ねた。

「聞きたい!?」

しかし、思っていたよりも姉の反応は良かった。良過ぎた。運転席の長姉が「あ～あ」と小さくこぼしたのが聞こえて、ミラー越しにその顔を見ると、うんざりしたような表情を浮かべていた。

「牧村先輩っていうんだけどね。とっても誠実で優しくてカッコいいの。いつだって優しく紳士的でね、あっでも、時々いたずらっぽくて可愛いんだけど、でもね、もうちょっと素の牧村先輩も見たいなって思うの。あ、最初に会ったのは、去年の文化祭だったんだけど。その時も、見ず知らずであんまり態度も良くなかった私に親切にしてくれて、お願いも聞いてくれてね。私のことをちゃんと見てくれて――」

聞かなければ良かった。

帰りの車で三十分ほど、出会いから含めて惚気《のろけ》話を聞かされた乃々香は後悔していた。ようやく見えて来た家がとても恋しく思えたほどだ。

「じゃあ続きはご飯を食べた後でね」

乃々香はこの日初めて、自分の姉がとてもめんどくさい女だということを知った。そして、もう二度と、二度とこの姉に想い人のことは尋ねまいと心に決めた。

◇　◇　◇

八月も二週目に入ったが、僕の夏休みに特に変化は無かった。

バイト先と自宅の往復と、サネやドクとの飲み会が少しあった程度。そんな日々の潤いは美園から届くメッセージ。花波さんや妹さん——乃々香さんと言うらしい——と一緒に色んな所に出かけては、その写真を送ってくれていた。

嬉しかったのは、その写真に美園本人が写っているケースが多いことだ。特に最初の頃に送られてきた、ペンギン水槽の前で少し照れたようにピースサインをした美園の写真は、それだけでバイトの疲れが全て吹っ飛んだ。

『可愛いな』

『やっぱりそうですよね。わかってもらえて嬉しいです』

敢《あ》えて主語を省いて返信をしたが、やはり伝わっていなかった。もちろんその他の写真も全て可愛かった。

Love

しかし、嬉しいことばかりではない。まず一つ目は、いつか美園を誘おうと思っていた場所がガンガン潰されて行ったこと。特に水族館はペンギンが好きな彼女を誘いやすいと思っていただけに、夏休み中に誘うのが厳しくなって困っている。いやまあ、誘えたかどうかは別としてだけど。

二つ目は、僕から美園に送るメッセージのネタが無いこと。飲み会の写真を送るのも憚《はばか》られた——そもそも写真を撮るのも抵抗がある——ので、本当に何も無い。今日明日とバイトが連休なので、メッセージ映えしそうな写真目当てで実家に帰ろうかと思ったが、昨日母に尋ねたところ——

『月火と両親不在です。車もありません』

という無慈悲な回答が返って来たので、流石《さすが》にこの暑さの中で徒歩の観光地巡りを敢行することは諦めた。そんな訳で、月曜の夜に届いたお誘いに僕は一も二も無く飛びついた。場所は僕のアパートの一〇一号室、文実副委員長の康太《こうた》の部屋だ。

「それだ。南一気通貫ドラ一、満貫」

そう言って手元の牌《パイ》を倒す。

「おまっ。二位確上がりなんてすんなよ。せめてリーチかけろ」

「逆転の役作りはしただろうが。ツモれると思ってなかったし、お前が最後の七萬《チーワン》出すのが悪い」

オーラスで一位の康太との差は一万三千超、ラス親はサネなので自身の連荘《レンチャン》も望めない。直撃すれば逆転の手を作れただけでも中々運が良かった。

「クソぉ……初《しょ》っ端《ぱな》からラスかよ」

ボヤくサネは僕の右隣。向かいには康太、左隣には成《なる》さんがいる。

「後五半荘あるだろ」

二人で飲んでいた康太と成さんだったが、麻雀《マージャン》が打ちたくなって面子《めんつ》を探していたところに僕とサネが呼ばれたのが今回の経緯らしい。ここで徹マンになれば明日の日中も寝て過ごせるので、僕としては非常に助かる誘いだった。

「全自動卓欲しいよな」

「買えってか。いくらすると思ってんだ」

ジャラジャラと洗牌《シーパイ》を行っているが、確かにこれは面倒ではあるのでサネの言い分もわかる。一度雀荘に行ったことがあるが、全自動卓はとても便利だった。

「まあゆるーく打つ分には手積みも悪くないだろ。さあ次行こうか」

成さんの言う通りのゆるい麻雀。大体仲間内で打つ時はこんな感じだ。適当に喋《しゃべ》りながら、特に緊張感も無く打つ。負ければ悔しいし勝てば嬉しいが、精々そんな程度。

四半荘目に入った時点で零時を回っていた。酒も入っているため、そろそろ皆打ち方が雑になってきている。因《ちな》みにこの時点で僕は二位だったが、最下位からトップまでいくらでもひっくり返る程度の差しかない。

「ところでマッキーさあ」

東《トン》三局二本場、親の僕の連荘の最中だった。それまでは試験の出来がどうだ、帰省はいつからだ、お盆明けの作業がすぐだな、合宿もあるな、といった取り留めのないことを話していたのだが、康太が「そう言えば」と話題を変えてきた。

「うん?」

「花火大会誰と行ったの?」

「ポン!」

康太がそう言いながら捨てた南をポンする。鳴くつもりなど一切無く、雀頭にするつもりだったので役無しになってしまった。視線を左に向けるが、成さんは俺じゃないとでも言いたげに、首を軽く横に振った。

「大体わかってたけど、成さんの反応で完全にわかった」

軽く笑いながら、康太は卓上のビールの缶を口へと運んだ。

「え？　何？　マキ女の子と花火行ったの？」

山からツモりながら、何となく焦《あせ》った様子のサネが僕と康太を交互に見ている。一方の僕は本格的に焦っていたが。

「マジ話？　おいマキ、友達だろ。言えよそういう面白そうな……大切な話は」

「いや、別に……」

何と誤魔化そうか、そもそも何故《なぜ》康太が知っているのか、と頭を巡らせても答えは出ない。そうこうしている内に、僕のツモ番が回って来る。

「俺の部屋からは道路がよく見えるだろ？　で、花火大会の夜、十一時前くらいかな」

そんな僕のことはお構いなしに、康太はサネに向かって話を続けている。

「窓開けようと思ったらちょうどタクシーが止まってさ。誰かなと思って見てたら、浴衣《ゆかた》の女の子がマッキーと手を繋《つな》ぎながら降りて来てた」

「繋いでた訳じゃないし」

「はいそれロォン。純チャン三色ドラ一で一万二千六百」

役無しになってしまったので下りるつもりでいたのだが、話の内容のせいか何の考えも無しにドラをツモ切り。下側が怪しかったサネに思いっきり危険牌を振っていた。

「どうしたどうした。動揺し過ぎじゃね？」

サネに煽《あお》られて目を逸《そ》らすと、成さんが温かな目でこちらを見ていた。別に進展があった訳ではないのでそんな目で見ないでほしい。

「で相手は、って。マキの行動範囲考えた上で康太が知ってるってことは文実の子だろ。じゃあ一人しかいねーか」

「違うかもしれないだろ」

「お前さっきから墓穴掘りまくってるけど、落ち着けよ」

僕の肩を軽く叩《たた》きつつ、サネは悟ったような視線を僕に向けて来る。何故か左からも成さんが同じことをしてきた。

「俺は遠いな」

向かいの康太はそう言って苦笑したが、そうでなくとも右も左も肩が塞がっている。

「で。いつから付き合ってんの?」

康太のその問いに、僕に視線が集まる。成さんは付き合ってないの知ってるだろうに。

「付き合ってないよ。早く東四局入ろう」

出来るだけさり気なく言って、洗牌を開始する僕だが、誰も乗ってこない。

「とりあえず中断して恋バナ入ろうぜ。付き合ってないとか嘘《うそ》だろ?」

「嘘じゃねーよ」

「成さんは知ってたんですよね？」

「会場までは一緒に行ったしな」

康太が成さんに質問をしたのをきっかけに、サネの方も僕に聞くより早そうだとでも思ったのか、質問先を成さんに変えた。

「どういう経緯でそうなったんすか？」

「志保《しほ》の発案だな。マッキーも美園も花火大会初めてだろうし、って」

僕が去年行ったという可能性が全く考慮されていなかった。

「はー。それで向こうに着いてからは？」

「さあ？　そこで別れたからな。志保が美園に聞いたみたいだけど、会場でのことは教えてくれなかったって」

そこで三人の視線が僕に集中する。

「どうだったんだ？」

「言えないようなことしたのか？」

「言えば楽になるぞ」

口々にそう言われて、黙秘するよりは恥を晒《さら》した方がマシかと思い、最後の失敗談を話すことにした。

「別に、花火見て帰って来ただけですよ。タクシー降りた時のことも、僕が寝ちゃったんで支えてもらっただけだし」

「デート中に寝た？」

「無いわ」

デートじゃないけど僕も無いと思う。

「まあそういう訳なんで――」

「で、結局付き合ってないのか？」

話を締めようとした僕に、サネが特に茶化す様子も無く、普通の顔で聞いてきた。

「付き合ってない。嘘じゃない」

「お前がそう言うなら信じるけどさあ……」

僕が嘘をついていないことはわかってくれたようだが、サネも康太もどこか納得のいかない表情をしている。

「まあお前らの気持ちもわかるけどさ。今はとりあえず見守ってやってくれ、な」

「成さん……」

「マッキーもその内覚悟決めて告白するだろうし」

「成さん！」

信頼度の乱高下はやめてほしい。

「お膳立てしてやろうか？」

割と真面目な調子で、サネと康太が僕を見ている。その気持ちは確かに嬉《うれ》しい。しかし
――

「いや。気持ちだけもらっとくよ」

「どうしてだ？」

友人の純粋な厚意を断るのは少し気まずい。顔を見られず、雀卓に視線を落とす。

「ただでさえ僕は先輩だからな。しかも同じ担当の。だから無理強いするような感じには絶対したくない。フラれるにしても、関わった人数が多ければ多いほど、あの子が、美園が余計に気まずい思いするだろ。それは絶対に嫌だ」

だから、と最後に感謝と謝罪を伝えようと顔を上げると、サネと康太が呆《あき》れたように僕を見ていた。

「お前ベタ惚《ぼ》れかよ。こっちが恥ずかしいわ」

「これじゃ美園も苦労するな」

想像では、お前の気持ちはわかったよ、陰ながら応援してるから頑張れ的な流れだったのだが、二人の反応はまるで違った。助けを求めて成さんの方を見ても、やはり同じよう

な表情で僕を見ていた。

結局六半荘までやって、からかわれ続けた僕は圧倒的最下位に沈んだ。

◇◇◇

美園が実家からこちらに戻ってくるのは八月の第三火曜だと聞いている。実家への出発時刻とこちらへの到着時刻がわからないので正確には誤差がある訳だが、美園がこちらにいない期間は十五日。

その内の九日はもう過ぎた。半分以上も過ぎたのだ。ただ、これからの期間は友人が皆帰省しているため一人で過ごさなければならない。残り六日の内バイトは四日で八時間ずつ——一時間の休憩込みで拘束九時間——入っている。睡眠、食事、風呂《ふろ》、家事で一日当たり長く見積もって十二時間とすると、僕が一人で潰さなければならない時間は三十六時間。なんだかいけそうな気がしてきた——

——完全に気のせいだった。あまりにも暇すぎて目を瞑《つぶ》って六百秒を数える遊びをしていたが、目を開けてみると四百秒しか経《た》っていなくて愕然《がくぜん》としたり、腕時計の秒針が二十周するまでじっと見ていたが、二十分しか経っていなくて腹を立てたりしていた。

美園からのメッセージを支えに過ごしたこの六日間は、僕の人生で最も長い六日間だったことは疑いようがない。大学に入ったばかりの友達が一人もいなかった頃と比べても遥《はる》かに長い。

『戻って来ました。またよろしくお願いしますね』

昼過ぎに届いたメッセージは、いつものようにペンギンのスタンプ——今日は手を振っている——と一緒だった。

『お帰り。よかったら晩飯でもどうかな?』

普段ならあまりガッついているように見せたくなくて即既読を付けないように注意するところだが、今回ばかりは十秒もかからずに既読を付けて三十秒もかからずにメッセージを返した。ところが逆に既読こそすぐに付いたものの、美園からの返信は遅かった。

『すみません。姉と妹が来ていて、一緒に晩ご飯を食べる約束をしてしまいました。本当にすみません』

『了解。そういうことなら仕方ないから気にしないで』

ペンギンの無いメッセージに涙を呑《の》んでそう返し、長く息を吐きながらうつ伏せでベッドに倒れ込んだ。

「うべぇ」

肺が圧迫されて変な声が出て咳《せ》き込んでいると、またもスマホにメッセージが届いた。

『牧村先輩のご都合が良ければですけど、明日はどうでしょうか？　お昼も夜も空いています』

『ごめん。明日は昼前から夜までバイトなんだ』

美園がいない期間はあれだけ入りたかったバイトのシフトが、誠に身勝手ながら今は恨めしい。しかし彼女の方から代替案を出してもらえたのはありがたいし嬉しい。今になって最初のメッセージを見直すと、自分が送ったとは思えない率直さで美園を誘っていた。引かれなくて良かったと思う。

会えない時間が愛を云々《うんぬん》とは言うが、恋人関係でもないのにそれがとてもよくわかる。僕は今、美園に焦がれている。それもどうしようもなくだ。

◇◇◇

金曜になれば文実の全体会議がある。そこで会えるはず。美園がこちらに戻って来たおかげなのか、そう考えると不思議と時間の流れがいつも通りに思えた。これが無ければ一緒に食事に行けたのにと恨めしく思っていた今日のバイトにも、心穏やかに出勤出来た。

昼時を過ぎた店内は昼食時からの客こそ多いものの、ほとんどがゆっくりしているだけなのか注文は少ない。だからバックヤードの仕事でもしようかと思ったところにちょうど来客があった。

思わず息が止まった。この二週間、ずっと会いたかった女の子の来店。テーブルに案内されながらきょろきょろと視線を動かす美園は、僕に会いに来てくれたのだと、今日だけは自惚《うぬぼ》れてもいいだろうか。

バイト中ではあるが目が離せない。髪の長さが元に戻った美園は、こんなに可愛《かわい》かっただろうか。ダークブラウンの髪は毛先だけ緩く巻かれているし、大きな瞳も、スラっと高い鼻も、夏だと言うのに日焼けの様子など一切無い白い肌も、記憶の中の彼女と変わらないはずなのに。

見惚《みと》れてずっと見ていたので、必然僕を捜してくれているであろう美園と目が合う。破顔してペコリと会釈《えしゃく》をしてくれた彼女に慌てて僕も会釈を返し、バックヤードに逃げ込んだ。顔の筋肉が言うことを聞いてくれない。

「仕事中に気持ち悪い顔しないでよ」

はぁとため息を吐《つ》いたリーダーは、バックヤードから顔を覗《のぞ》かせて店内に視線をやっている。

「因《ちな》みに聞くけど。あの子が例の美園ちゃん？」

「はい」

「めっっっちゃ可愛くない？　紹介してよ。私が付き合いたい」

「ふざけんな」

「そう思うなら注文取りに行ってきなよ」

パンっと背中叩《たた》いたリーダーに「ありがとうございます」と頭を下げて店内に戻ると、美園はちょうどメニューを開いていた。テーブルの近くには美園から注文を取りたいのか、同僚がウロウロしていた。お前にそれはさせない。

知り合いのアドバンテージで呼び出しボタンが押される前に声をかけてやろうと美園のテーブルに近付くと、ちょうど顔を上げた彼女と目が合った。

「牧村先輩」

ニコリと笑うその表情と僕を呼ぶ声に緩みそうになる顔の筋肉に、舌を噛《か》んで無理矢理言うことを聞かせる。

「いらっしゃい。美園」

呼びかけると嬉しそうに笑った美園が、少し照れたように口を開いた。

「来ちゃいました」

その様子にまた舌を噛まざるを得ない。

「と、とりあえず近くにいるから、注文決まったら呼んで」

「いえ、もう決めましたから」

そう言った美園が「これにします」と指差したメニューを覗き込み、ハンディ端末に入力する。

「やっぱり苺《いちご》好きなんだな」

「はいっ」

美園が選んだのは苺を含めたベリー類の載ったパンケーキ。らしいなぁと微笑《ほほえ》ましい気持ちになる。

「牧村先輩が持って来てくれますか？」

「うん。僕が持って来るよ」

本来なら断言は出来ないが、迷わず返事をした。

「待っていますね」

知り合いだからと念を押して、出来上がったら絶対に呼んでもらおうと決めた。この笑顔に嘘《うそ》をつく訳にはいかない。

「今日は何時までお仕事なんですか？　夜までというお話でしたけど」

「二十時までだよ」

約束通りパンケーキを運び伝票を卓上に置いたところで、美園から声をかけられた。僕の返答に少しだけ思案するような表情を見せた美園は「わかりました」とだけ呟《つぶや》いた。

非常に名残惜しいがこうなってしまえばもう長居は出来ない。仕事がそれほど忙しくないとはいえ最低限の公私の別はつけなければならないし、それが出来ない男だと美園に思われたくはない。

「それじゃあ、ゆっくりしていって」

「はい。ありがとうございます」

軽く一礼して美園のテーブルを辞した僕は、その後はホールとバックヤードを行ったり来たりして仕事をしていった。その最中、よく美園と目が合った。僕がちらちら見ているのに気付かれてしまい少し恥ずかしいが、それでも視線を向けることを止められなかった。

正確な時間はわからないが、十五時の時点では美園は店内からいなくなっていた。見送りが出来なかったのが残念だが、顔を合わせて話も出来た。次に会うまでの活力としては十分だ。

次に会う金曜まで頑張れる。そう思っていたのだが、次はすぐにやって来た。

「美園？」

着替えを終えて店を出た二十時十分、店の前に見えた人物は僕が絶対に見間違えないと言える女の子だった。

「美園」

慌てて駆け寄り声をかけると、美園はぱっと顔を輝かせて僕を見た。

「牧村先輩」

「まさか待っててくれた？」

「いえ。今日は流石《さすが》に一度帰りましたよ」

心配になって尋ねてみたが、美園は苦笑しながらそれを否定する。ひとまず安心したが、別の心配が首をもたげてくる。

「じゃあ暗い中ここまで来たのか？　用があったなら呼んでくれれば帰りに寄って行ったのに」

ルートとしては少しだけ遠回りになるが、方向的にはバイト先から僕の家の間に美園の家がある。日の入りから一時間以上経った道を一人で歩かせるなんてことはしたくなかった。

「思い立ったらつい来ちゃいました」

まう。

だが、少し困ったようにえへへと笑う美園が可愛くて、嬉《うれ》しくて何も言えなくなってし

嬉しい限りだが、美園は僕にお土産を渡したかったとのことだ。それなら事前にメッセージで終わりの時間を確認して――暗い中一人で歩かせたくはないが――来ればよかったのではないか。そう尋ねてみたら美園は「そう言えばそうですね」と言ってやわらかく笑っていた。僕としては会える回数が増えたので万々歳ではあるのだが。

因みにお土産を受け取ろうとしたら「せっかくなので寄っていってください」と言って、何故《なぜ》か渡してはくれなかった。もちろんその方がありがたいのでお言葉には甘えた。しかし僕はどこにも行かなかったせいで、こちらにはお土産が無い。貰《もら》えるのは嬉しいが少し申し訳なさもある。

「どうぞ」

「お邪魔します」

「はい。いらっしゃいませ」

ニコニコと笑う美園が玄関を開けて僕を招き入れてくれた。今日はずっと上機嫌に見える。ここまで歩いて来る途中でも腕の振り幅がいつもより広かった気がするし。そして僕は、そんな美園の手が気になって気になって仕方なかった。理由があったとはいえ一度、

いや二度繋《つな》いだせいで、また繋ぎたいという欲求を抑えるのに必死だった。

「これをどうぞ」

聞こえて来た声に頭を振って邪《よこしま》な考えを吹き飛ばして美園を見ると、屈《かが》んでスリッパを出してくれていた。けっして見えはしないのだが、その姿勢とスカートの視線誘導力が高すぎる。僕は再び頭を振るハメになった。

「どうかしましたか?」

「いや……そのスリッパ、前には無かったなと思って」

「あ、これですか?」

話題を出されたことが嬉しかったのか、美園は笑顔でスリッパを手に取って僕に見せてくれる。僕に出してくれた物は黒地、美園が持っている方は白地に、それぞれ白と黒のペンギンのシルエットが控えめに描かれている。

「この間買って来たんです」

「水族館のか」

「はい」

美園の部屋の床はフローリングだが、居室部分はカーペットが敷いてある。一人暮らしの部屋でスリッパは中々珍しいと思う。実際に以前の美園は使っていなかった。

「シンプルだけどいいデザインだね」

「ありがとうございます。一目惚れして買っちゃいました」

嬉しそうに買った経緯を話してくれる美園を見ながらスリッパを履いた訳だが、二足のスリッパはペア商品のように見えてこそばゆいというか、同棲《どうせい》でもしているような気分になる。

「牧村先輩、ご飯まだですよね？」

「あ、うん」

また余計なことを考えていたが、何とか今回は頭を振ること無く反応を返す。美園はニコリと微笑んで僕をダイニングのテーブルへと案内してくれ、今は髪を纏《まと》めて入念に手を洗っている。

「作りますから少し待っていてくださいね」

「いや、悪いしいいよ。それに間に賄い食べてるから、軽く済ませるつもりだったし」

「軽い物を作ります」

「いや、あの……」

「作りますね」

「……はい、お願いします」

「任せてください」

　これからお土産をもらう立場なので、いくらなんでも食事を作ってもらう訳にはと遠慮したのだが、結局僕が折れた。心情的にも味覚的にも美園の手料理を食べたくないはずなど無いので、遠慮という壁はあっさりと崩壊した。

　そんな僕を見ながら満足げに笑った美園は、「実は準備をしてあります」と付け加えて冷蔵庫を開いた。

「サンドイッチ？」

「はい。パンも切ってありますし、具材の準備も万端ですから、すぐですよ」

「ありがたいよ」

「具は何がいいですか？」

「お任せでいいかな？」

「はい。任されました」

　レタス、きゅうり、トマトなどの野菜類、卵はペースト状になった物とゆで卵の形が残った物の両方、ツナマヨにハム。一般的なサンドイッチなら何でも作れそうな種類の具が、たくさん用意されている。

　正直全部食べたいのだが、それには少し腹の余裕が足りない。お任せしてオススメをいただく方がきっと僕にとっていい結果になる。そう思って、テキパキとサンドイッチを作る美園の後ろ姿を眺めた。

同棲したらこんな感じかなあなどと先ほどの妄想の続きをしていたので気付かなかったが、出来上がっていくサンドイッチの量が明らかに多い。

「美園の分を考えても多くない？」

「え？　私は先にいただいていますよ」

振り返ってきょとんとした様子で首を傾《かし》げる美園に、「え、じゃあそれ全部僕の？」と尋ねてみると、少し不安そうな顔になった美園は、おずおずと口を開いた。

「よかったら明日の朝の分もと思ったんですけど。ご迷惑でしたでしょうか」

「いや、まるで全然、迷惑なんかとはほど遠いよ。ありがとう」

「それじゃあ、たくさん作りますね」

「よろしく」

せっかく作ってもらった物なのに残さざるを得ない量であることが不安だっただけで、翌朝の分まで作ってもらえるのは非常にありがたい。申し訳なさもあるにはあるが、やはりありがたいし何より嬉しい。

「では、出来た分からどうぞ」

「ありがとう。美味《うま》そうだよ」

ふふっと笑う美園に「いただきます」と言って、レタスとハムにきゅうりが挟まった物から口を付ける。

「美味い」

正方形のパンを半分に切った直角二等辺三角形のサンドイッチはこれでもかとばかりに美味い。市販の物や過去に自分が作った物とは比べ物にならない。ハムと野菜のサンドイッチで何故これほど差が出るのだろうか。

「お塩やワインビネガーなどで少し下味を付けてあります。お口に合いましたか？」

アイスティーを出してくれた美園に頷《うなず》きながら「ありがとう」と言うと、彼女は顔を綻ばせた。

その後食べたツナマヨや卵なども、あまりに美味過ぎたせいで、当初の腹の空きスペースを早々に使い切ってなおそれなりの量をいただいた。少し苦しいが後悔は一切無い。そんな僕を、正面に座った美園は何も言わずニコニコと見ていた。

「ごちそう様でした」

「お粗末様でした。残りはタッパーに詰めてお渡ししますね」

「ほんとありがとう。明日の朝もこれがあると思うと、嬉しい限りだよ」

前にも似たようなことを思った気がするが、こればかりは仕方ないだろう。味の方も当然楽しみだが、それを抜きにしても嬉しくてどうしようもないのだから。

「そう言ってもらえると、私も嬉しいです」

顔の前で手を合わせた美園が、言葉通り嬉しそうにニコリと笑う。

「あ。忘れない内にお土産をどうぞ」

青を基調にした、可愛《かわい》らしくデフォルメされたシャチの絵が描かれた紙袋を、美園が「お好みに合うといいんですけど……」と言って、おずおずと差し出してきた。

「ありがとう。嬉しいよ」

内心の喜びを出来るだけ表して受け取り、「中見ていいかな」と尋ねると、緊張した様子の美園は小さく頷いた。思っていたよりも少し重い袋の中身を見てみると、お菓子と思《おぼ》しき平らな缶と、マグカップとカトラリーセットが入っていた。

どうでしょう？　とでも聞きたそうな美園に笑って頷いて見せると、彼女は安心したように息を吐いて笑った。

「家に帰ったら早速使わせてもらうよ」

前に美園にプレゼントを贈った時、僕はとても緊張した。今は立場が逆になったが、彼女も多少緊張していたように見えた。僕のことを少しだけでも考えてくれた証拠のような気がして、それがとても嬉しい。

「はい。是非使ってください」

満面の笑みを向けてくれる美園が可愛い。花火大会で彼女に触れ、その後会えない時間が長かったせいか、今日は自分の感情を上手《うま》く誤魔化せる気がしない。このままだと遠からずボロを出しそうだと思う。

「そう言えば……」

「はい」

このままずっと見ていたい、そんな欲求を死に物狂いではね退《の》ける。

「色んなところ行ったみたいだね。写真ありがとう」

話題を変えようとしたのはいいが、写真を思い出してニヤケそうになったのでまた舌を噛《か》んだ。そろそろ舌が痛い。

「でも」

しかし、話題を変えた途端、美園は少し不機嫌そうに口を尖《とが》らせた。

「牧村先輩は、全然メッセージをくれませんでした」

「え」

「私からはいっぱい送ったのに。それには返してくれましたけど……」

拗《す》ねたような表情ではなく、これは実際に拗ねている。

「あー。僕はどこも行かなかったから、送る内容が無かったというか。バイトに行ったとか、飲み会やったとか麻雀《マージャン》やったとか送られても困るだろ？」

「困りません」

即答である。

「ええと。じゃあ、つまんない話しかないけど、聞く？」

「はい。聞きたいです。聞かせてください」

一瞬で機嫌の直った美園は、期待のこもった目で僕を見てきた。期待されても本当につまらないことしかないので、少し困る。

「じゃあまずは生協に行った時のことなんだけど――」

恋愛小説を買ったことや麻雀の時の会話の一部は伏せながら、本当にただ何でもない日常や飲み会の話をしたのだが、そんなつまらない話を美園はずっと笑顔で聞いていてくれた。

四章

八月の第三金曜日。夏休み中ではあるが、およそ二ヶ月ぶりとなる文実《ぶんじつ》の全体会議が開かれる。来週の火水には合宿という名の旅行があるため、既に帰省から戻って来ているメンバーも少なくない。とはいえ流石《さすが》に夏休み、参加メンバーは前期中と比べれば少ない。そう予想されていた。

例年夏休み中初回の全体会議は、定員三十人ほど——詰めて座っても四十人強——の委員会室で行われる。盆明けの週までは他の教室が借りられないことが理由だが、それでも毎年なんとか委員会室で全員座れる程度しか集まらなかったそうだ。

しかし、今年は参加人数が意外と——特に一年生だけで三十人近くいる——多く、二年生男子を中心とした一部は立ち見状態だ。全体会議の開始前に、美園《みその》、康太《こうた》、長瀬《ながせ》の周囲に人だかりが出来ていたので、多分その辺りに原因がある。相変わらず凄《すご》いなとしか思えない。

「なあ、どれにする?」

横で一緒に立っているサネが、スマホを見ながら小声で話しかけてきた。別にサボっている訳ではなく、僕も他の委員たちも同様にスマホを見ている。因《ちな》みにドクは水泳部の合宿と被《かぶ》ったため来ていない。

何を見ているかと言えば、お盆前で締め切られた文化祭の看板やステージバックのデザイン案の応募ページだ。大体どれも十案前後の応募数だが、第一ステージのバックデザインは文化祭で最も目立つため応募が他の倍ほどあった。今年はロゴの関係上か、どれも和風のデザインが多い。

以前は全ての案を印刷していたそうだが、カラーでこの数を全員分と言うのは厳しいので、各々《おのおの》スマホで確認してほしい、ということになったらしい。

「ログインしないといけないから面倒だよな。投票いつまでだっけ？」

「明後日《あさって》だよ。僕はもう済ませた」

「早漏だな」

「全然違うだろ」

万が一にも美園の耳に入ったらどうしてやろうか。ちらりと美園を見てみるが、隣の志《し》保《ほ》と一緒にデザイン案に夢中になっている。心から良かったと思う。

僕とサネが話しているのは、応募の終わったデザイン案を本格採用するための投票について。案の閲覧自体は誰でも出来るが、投票には学内ネットとリンクしたページにログインする必要がある。つまり現役の学生だけしか投票出来ない。ネット投票の黎明期《れいめい》にはそんな風にはなっておらず、おもちゃにされたこともあったらしい。

因みに誰がどれに投票したか、今何票入っているかというのは外からわからないようになっている。特に前者の方は文実側でもシステム課に問い合わせないとわからない仕様らしい。

「しかしまあ、これが決まると忙しくなってくるな」

スマホのタップを終えたサネが少し真面目な調子でふうと息を吐く。デザインが決まればポスターの制作が行われ、大学内だけでなく近隣の店舗などにも貼り出させてもらう。出展団体の募集もこの頃から始まり、文化祭の雰囲気が文実の外にも広がっていく。

「楽しくなるな」

「ああ」

言葉に反して苦笑のサネに、僕も苦笑で返す。楽しくなるのは間違いないが、それと同じように大変さも増していくのだから。ただそれでも、やはり楽しさが勝つのだから僕たちはここにいるのだと思う。

今日は出展企画の部会で話し合うことはほとんど無く、軽い挨拶を済ませて解散となった。担当会でも話すことはほぼ無いが、メンバーがいる担当は集まって会話をしている。僕たちの担当も同様だ。

「いつもお世話になっているお礼です」

そう言って美園が、香《かおり》と雄一《ゆういち》に小さな土産袋を渡す。

「お、さんきゅー」

「ありがと。実家の方のお土産？」

「はい。ありきたりな物ですが」

異口同音の「開けてもいい？」の後で二人が袋を開けて取り出したのは、金属製のブックマーカーだった。香に渡された物の意匠はイルカで雄一の方は多分シャチだろう。口々に褒める二人に、美園は照れて謙遜をしていた。

「ん？　マッキーさんのは無いのか？」

「僕はもう貰《もら》った」

そんな様子を見ていた僕に気付いた雄一が美園に尋ねるが、彼女が答えるよりも先に僕が答えた。雄一は僕を見て、美園を見て、その後に香を見て頷き合った。

「じゃ、私帰るね。美園ありがとね」

「俺もお先っす」

そう言って二人はさっさと帰って行ってしまった。

「何だあいつら？」

と、美園に声をかけてみたが、美園は俯《うつむ》いて「どうしたんでしょうね」と小さく呟《つぶや》いただけだった。

「どうか――」

「美園ー。帰ろー」

確認のために声をかけようとしたタイミングで、ちょうど志保が近付いて来た。

「ん。どうしたの？　マッキーさんに何かされた？」

「するかよ」

志保の声にビクっと反応して顔を上げた美園の様子に、志保はわざとらしく胡乱《うろん》な視線を向けてくる。少なくとも美園が嫌がることは絶対しないぞ。

「ううん。何でもないよ。しーちゃんはもう帰れるの？」

「うん。いつでもいいよ」

心配そうにのぞき込んだ志保に美園が笑顔で応じると、自慢げな表情を僕に向けながら志保は口を開いた。

「今日は美園の家に泊めてもらうんですよ。羨ましいですか？」

「そうか」

言えはしないが滅茶苦茶《めちゃくちゃ》羨ましい。そして美園の手前羨ましくないと嘘《うそ》もつけないので適当な返答だけしか出来ないでいると、何故《なぜ》か美園が僕をじっと見ている。

「牧村《まきむら》先輩も今度お泊まりしますか？」

聞こえた言葉に返答が出ない。それ前にダメって言ったヤツだよね。僕がフリーズしていると、美園は真面目な顔を崩していたずらっぽく笑った。

「冗談ですよ。さあ、行きましょう」

そう言って軽い足取りで共通G棟の出口へ向かって歩き出した美園を、僕と志保は慌てて追いかける。

「びっくりしたー」

「なあ」

志保と目を見合わせると、やはり同じように驚いていたらしい。以前美園は何気なく同じことを言った訳だが、その時とは認識が違っているはずだ。なのにまさか、それが再び彼女の口から出るとは思わなかった。

「凄い上機嫌じゃないか？　あんな冗談言うなんて」

「いやー、冗談と言うか……まあ上機嫌なのは確かですね」

志保は苦笑しながら言葉を続けた。

「今日来る前に家に行った時からですかね。最初からずっと機嫌良かったですよ」

「いいことでもあったのか？」

「久しぶりに私に会えたからじゃないですかね」

志保が冗談めかして言うが、僕はそれを鼻で笑ってみせた。

「それならまだ、スリッパでも褒めたって方が可能性があるな」

「なんか腹立つけど、スリッパって何の話ですか？」

こちらも冗談めかしてみたが、それに対して志保は怪訝《けげん》な反応だ。一目惚《ひとめぼ》れしたお気に入りのスリッパを褒められれば、志保に会うよりも上機嫌になるだろうとの冗談だったのだが。

「え、いや。スリッパ、美園の部屋にあっただろ？」

「見てないですね」

フローリング部分とカーペット部分のある美園の部屋では、履いたり脱いだりしなくてはならないので面倒にでもなったのだろうか。あれだけ気に入っていたのにと、少し腑《ふ》に落ちない思いで僕は美園を追いかけた。

「いよいよ来週かぁ」

「うん。楽しみだね」

僕の前を並んで歩く美園と志保は、合宿という名目の旅行について話をしている。流石に三人横並びだと車道にはみ出るので、必然僕が後ろにつく。三人組あるあるだが、時折美園が振り返ってくれるので寂しくない。

「牧村先輩はドライバーなんですよね？」

「ああ、そうだよ」

「大変ですねえ」

「まあ体力的にはそうかもだけど、気は楽だよ」

「そういうもんですか」

合宿ではレンタカーを借りて車単位で宿に向かう予定になっている。参加メンバーが一堂に会するのは宿にいる間だけ。行き帰りともに車単位での行動になるので、観光ルートはバラバラだ。

ドライバーはその行き先決定や車内の盛り上げ役を同乗者任せにしてしまえるので、僕の場合は楽なのだ。ナビに従って車を走らせるだけでいい。後ろ向きの理由なので口にはしないが。

「誰がどの車に乗るかは、当日までわからないんですよね？」

「うん。行きは当日の朝くじ引きだし、帰りは宿についてからまたくじ引きになるよ」

「九分の一ですか……」

車は九台なので、美園が少し不安そうに呟いた通り、誰の車に乗れるかは九分の一だ。参加人数は総勢四十三人。二年生十八人に一年生二十五人が、九台の車に分かれて宿を目指す。ドライバーは全て二年生で、九台の車にそれぞれもう一人ずつ二年が乗る。残りに一年生となるが、一年生が三人ずつの車が七台と、二人ずつの車が二台の計算だ。

「くじ運が重要ですねぇ」

「まあ、よく知らない奴《やつ》とはこれを機に仲良くしましょう、って狙いもあるからな」

皆仲のいい人と同じ車に乗りたい訳ではあるが、これから秋の文化祭に向けて結束を強めようというのは納得のいく理由だ。

「マッキーさんの本音は？」

「話しやすい人が乗ってくれるといいなと思う」

いやほんとに。いくらドライバーが気楽とはいえ、全員あまり話したことが無いとなると僕にとっては結構厳しい。二年に他部の女子が来て一年も全員他部となったら詰みに等しい。しかも確率上はそれが割と起こり得る。

「じゃあ美園か私が同じ車だと嬉《うれ》しいですか?」

「嬉しいな」

情けなくも即答したし、美園の場合は二重に嬉しい。

「私も! 牧村先輩の車に、乗りたいです」

照れた様子で美園はそう言ってくれた。挙手でもしそうな勢いに微笑《ほほえ》ましくなると同時に、心が温かくなる。たとえ社交辞令だとしても、もうこれだけで同じ車になれなくても頑張れる気がする。同じ車に乗ってくれたらもっと頑張るのでそうなってほしいけど。

「じゃあくじ引き頑張らないとね」

「うん!」

理系的には否定したいところだが、頑張ってほしい。

◇◇◇

古典物理学の範疇《はんちゅう》において、たとえばサイコロを振る時に常に全く同じ条件で試行を繰り返すとするならば、結果である出目も常に同じになるはずである。つまり極論を言えば、練習をすればサイコロの出目をコントロール出来る訳だ。

だが中身の見えないくじ引きにおいて、結果に対する人間の努力とはどんなものが可能だろうか。

「マッキーさん、よろしくっす」

「ああ、よろしく」

文実の合宿当日、大学前の道には九台の車が止まっていた。時刻は七時四十分で、平日のこの時間ならば車通りもほぼ無く、ご近所の迷惑にはならない。全体の集合時間よりも一時間早く借りて来た車は便宜上一〜九号車と名付けられており、僕が運転するのは七号車。

ドライバー以外は合宿担当が持っている一年生用と二年生用の箱からくじを引いて、書かれた番号の車へと向かう手筈《てはず》だ。

「なんかテンション低くないっすか？」

「早起きしたから眠いんだよ」

七号車の横で待っていると七と書かれたくじをヒラヒラさせながら雄一がやって来て、低めのテンションでやり取りをした後で車のトランクを開ける。

「他の人はまだっすか？」

「ここは雄一が最初だよ」

「そっすか。誰が来るんすかね」

着順でくじを引いてそのまま車へと向かうというある意味お楽しみタイムだが、僕にとって一番のお楽しみはもう終わった。雄一より少し早く到着した美園が、一と書かれたクジを持って七号車の横を歩いて行ったからだ。

美園は残念そうな顔で、「頑張りが足りませんでした。帰りのくじ引きはもっと頑張ります」と言って、気合を入れるかのように小さなファイティングポーズを取っていた。非常に残念ではあったが、その姿はとても可愛《かわい》かった。

「雄一が来てくれて良かったよ」

「お。なんすか？ 照れるっすね」

頭を掻《か》きながら「褒めても何も出ないっすよ」と言う雄一だが、とりあえず僕が気軽に話せる相手が一人はいるというのは助かる。しかも雄一なら車内の雰囲気も盛り上げてくれることだろうし。

美園がいないことは残念ではあるが、違う場所を通って行く訳なので土産話を聞かせられるとポジティブに考えることも出来る。そう考えると楽しみが増すというものだ。

「とりあえず私はガラス工房行ければ他はどうでもええよ」

助手席に座る若葉《わかば》が、宿のある隣県のガイドブックを後部座席に渡しながらそう言った。

「マッキーは？」

「僕は特に希望無いから、目的地決まったら教えてくれ。とりあえず最初のサービスエリアまでは走らせるから」

八時少し過ぎに大学前の道から出発し、今は高速道路の乗り口に向けて車を走らせている。距離と去年の記憶からすれば十五分程度だろうか。

「コンビニ寄りたかったら言ってくれよ。高速乗る前にあったはずだから」

七号車に乗ったのは、二年からは岩佐《いわさ》若葉。一年は小泉《こいずみ》雄一、長瀬匠《たくみ》、島田《しまだ》彰《あきら》の男三人で、奇《く》しくも全員僕が話したことのあるメンバーだった。

一年生の三人は若葉から渡されたガイドブックや自分たちのスマホを見ながら、ああだこうだと話し合っている。全員が他県出身者らしく、県内でも見てみたいところがあるようだ。

車内には若葉が編集したドライブ用の音楽が流れていて、今の曲は僕も聞いたことがある有名なものだ。その若葉はスマホで調べ物をしているし、後ろの三人は候補地選びに忙しい。ドライバーでなかったら少し気まずかったかもしれないが、やはり運転に集中すればいいドライバーは楽だ。

学生は夏休みだが、世間は普通の平日。高速乗り口までの道は信号以外に遮る物も無く快適に流れて行く。大学付近の落ち着いた景色から市街地へ、そしてそこを通り抜けてまた景色が少し寂しくなれば、すぐそこは高速の乗り口だ。


「とりあえず滝で」

「了解」

高速に乗って五分ほど、後ろの三人を代表して雄一から声がかかった。ミラー越しに後ろを見ながら返事をすると、島田と目が合ったがすぐに逸《そ》らされた。男と目が合っても嬉しくないのでそれは別に構わないのだが、それにしては先ほどからチラチラと見られている気がする。

「じゃあそろそろ自己紹介いっとく?」

「いっちゃいますか?」

とりあえずの行き先——サービスエリアを除く——が決まり、唐突に若葉が後ろを振り返りながら声をかけた。そして雄一が後部座席中央からハイテンションで前に乗り出して来る。

「じゃあウチからな」

テンションが上がると一人称が「ウチ」になる若葉が、率先して自己紹介をしていく。

僕にとっては既知の情報。今言わなかった彼氏の名前も知っている、一つ上のＯＢだ。

「——以上やけど、何か質問ある？」

「はい！　彼氏はいますか？」

そんなことを思っていたら、若葉の自己紹介が終わって即、雄一から質問が入った。

「若葉さんならいるだろ」

「お、匠そーいうのいいよ〜」

長瀬のおだてに上機嫌になった若葉が彼氏であるＯＢのことを話し終えると、ドライバーの僕を飛ばして一年生の自己紹介タイムへと移った。

島田、雄一、長瀬と順に自己紹介をしていくが、得た情報は学部学科専攻と文実内のポジション。島田は委員会企画のイベント企画担当で、長瀬は同じく委員会企画のステージ企画担当、今年の文化祭のオープニングでステージに上がるらしい。身長が高く容姿も整っているのできっとステージ映えするだろうと思う。

「匠は彼女おらんの？」

「ちょっ。若葉さん、俺たちには聞かなかったじゃないっすか」

最後の長瀬の自己紹介が終わったタイミングで若葉が質問を投げかけたが、島田と雄一にはその質問は無かったので、雄一は勢いよくツッコんだ。

「だっておらんでしょ？」

そして即撃ち落とされ、巻き込まれた形になった島田と一緒に黙らされた。そんな車内の様子に苦笑しながら長瀬はさらりと言った。

「いませんよ」

最初か最後に今はを付け足す必要が無い。誰が聞いても今はなのがわかるし、本人もそんなところで見栄《みえ》など張る必要が無いのだろう。しかし——

「気になってる子はいますけどね」

またもさらりと言い放ったその言葉に、隣の若葉は「おおー」と感心しているが、僕の心拍は一瞬で跳ね上がった。

「誰？　誰？」

僕の心拍同様なのか、若葉のテンションも一気に跳ね上がった。後ろを振り返り、早く言えとばかりに長瀬を急《せ》かしている。一方僕はミラー越しに後ろを確認すらしなかった。出来なかったと言った方が正しいのかもしれない。スピードメーターの示す数値は変わらないが、体感速度はだいぶ遅くなった気がする。

「もうちょい後のお楽しみということで。まだ牧村さんの自己紹介が残ってますから」

「マッキーでええよ」

お前が言うな。呼ばれるのは構わないが、せめて僕に言わせてくれ。

「じゃあマッキーの番ね。はい」

「流れ作業みたいに言うなよ」

とは言ったものの、もったい付けられて順番が回って来るよりもこういうぞんざいな扱いのほうが気は楽で助かるのだが。

「じゃあ、運転してるから簡単に。名前は――」

宣言通り短く終わらせたが、この後はあまり聞きたくない話になりそうでもうちょっと長く話せば良かったかなと思った。しかし話すネタが無いのでどうしようもない。適当な質問でも飛んでこないだろうか。

「質問してもいいですか？」

まるで心でも読んでくれたかのように、運転席の後ろから島田が声を掛けてきた。

「ええよ」

だからお前が言うなよ。とは思うものの、あまり話したことの無い後輩との間に入ってくれるのは正直助かる。

得ない。

「じゃあ」

後部座席の様子は窺《うかが》えないが、なんとなく言いづらそうな雰囲気を感じ、身構えざるを得ない。

「ぶっちゃけ君岡《きみおか》さんとはどういう関係なんですか？」

さっきの長瀬の話もあって何となくの覚悟が出来ていたおかげか、その話を振られても意外と冷静でいられた。

「おいそれ、前に言っただろ」

何故《なぜ》か雄一の方が焦《あせ》っていた。隣の若葉は僕ではなくそんな後部座席を見ている。

「だってお前に聞いてもはっきりしないし」

「いや、だから――」

「俺も聞きたかったですね」

「じゃあウチも」

長瀬の参戦に、若葉も食いついた。以前のことと先ほどの話をこの会話に繋《つな》げて考えれば、やはりそういうことになるのだろう。ここに来てようやく後ろを確認できたが、何故かアワアワしている雄一を除けば、隣の若葉を含めて全員の視線が僕に集中している。

「後輩だよ。同じ担当の」

出来るだけ感情を出さずに、呟《つぶや》くようにそう言った。大事な、大好きな。そうは付け加えられなかった。ハンドルを握る手に力が入ったのを感じる。

「じゃあ狙ってもいいんですよね？」

正直に言えば死ぬほど嫌だ。全力でやめてほしい。そう口にしてしまいたい。さらりと言った長瀬に「おい抜け駆け」と島田が抗議しているが、そんな様子がどこか遠くに感じる。

「僕はそれをどうこう言う立場にないよ」

そう、無いんだ。片想《かたおも》いという点で、この二人と僕に違いは無い。やめろと、心の底から言いたい言葉を発する資格が、僕には無い。

「協力しよか？」

やめてくれ。心の中ではその言葉の嵐が吹き荒れている。

「若葉さん！」

「何？　雄一も美園狙い？」

「そうじゃないっすけど……」

勘違いをしていた。以前はそうではなかったはずだ。一緒にいる内に、美園に惹《ひ》かれる内に、少しずつ増長していったのだと思う。美園を想うことも、隣にいられることも、あまつさえいつか好意を向けてもらえることも、全部自分だけの権利だと。なんて甚だしい思い上がりだろうか。

「じゃあ若葉さん、お願いしてもいいですか？」

「あ、俺も。俺もお願いします」

「えー、二人かー。まあ考えとくわ」

このまま一緒にいればいつか、などという甘え切った考えが如何《いか》にふざけたものだったのか、それを今思い知った。情けないことに、そんな当たり前すら自分一人では気付けなかった。


「暑いわぁ……」

外気表示は三十度に届くかというほどだった上に、現在地はアスファルトの駐車場。車を降りた若葉がそうボヤくのも仕方の無い状況だった。

「まあ若葉さん、途中の道は日陰みたいだし滝まで行けば涼しいですよ」

「そうですよ。行きましょう」

「そやなぁ……」

しかし長瀬と若葉が並ぶと身長差が凄《すご》い。四十センチ近くあるはずだ。若葉を挟んで長瀬と反対を歩く島田も僕と同じくらいの身長があるので、若葉とは三十センチほど差がある。捕まった宇宙人を彷彿《ほうふつ》とさせる。

普段なら少しは笑った光景だろうが、今はとてもそんな気分になれない。その三人組が話す内容を聞きたくなくて、出来るだけ離れたいくらいだ。

「あれ？」

ふと前の三人組を見て、一人足りないことに気が付いた。振り返ってみると、僕から少し離れたところにいる雄一は電話をしているようだった。

「マッキー？」

「暑いだろうし、先に行っててくれ。僕は雄一を待ってから行くよ」

「わかったー」

僕たちが来なかったことで若葉が振り返ったが、雄一をダシにして先に行かせた。同学年の友人と歩く機会を少し奪ってしまったので雄一には悪いことをしたと思うが、何かで埋め合わせをするので許してほしい。

「すんません、待たせちゃって」

「むしろ……いや、気にするなよ。あいつら暑そうだったから先に行かせた、悪いな」

「いやいや。電話してた俺が悪いんで」

「急用か？」

電話を終えて追いついて来た雄一は、少し気まずそうな顔で「いやー」と頭を掻《か》きながら言葉を続けた。

「香さんに助けてもらおうと思って……」

「助け？　何の？」

僕には頼れないのか、それ？　地味に傷付くぞ。

「いやまあそれは……秘密っす」

「……で、解決したのか？」

「とりあえずは。『いい薬だからほっときな』だそうです」

どことなく気まずそうな雄一の発言は意味がわからない。しかし他人の相談事に顔を突っ込むのも憚《はばか》られるので、「そうか」とだけ伝えて、先行した三人の後を追うことにした。

午前中に見に行った滝は、想像していたよりも――滝と言えばナイアガラのような大瀑《ばく》布《ふ》のイメージが強かった――小規模だったが、弧を描いた幅の広い崖から、水がしなやかに流れる様が綺麗《きれい》だった。説明書きを見ると、滝壺《たきつぼ》に落ちる水の多くが元は山からの湧水であるということで、優しく流れる理由と、付近が思っていたよりも更に涼やかな訳が知れた。

滝壺の水辺に近付いてみると、前方だけでなく左右も滝の流れに囲まれたような気分になり、少し心が落ち着いたように思う。この景色を一緒に見たかったなと思い、何枚か写真を撮った。今まで写真を撮るという習慣が無かったので撮った写真もあまり出来がいいとは思えなかったが、それでも見てもらいたいと、そう思った。

心を落ち着けることが出来たおかげもあり、その後の車中ではいつも通りに戻れたと思っている。もっとも、三人の口から美園の話題が出なかったことが僕の平穏の一番の理由だが。

最初の目的地で少し長居したこともあり、当初の予定では隣県に入ってからの予定だった昼食は結局県内でとることになった。宿での夕食が十八時からなので、昼食をあまり遅らせたくないというのが車内の総意だ。

「次左だって」

「了解」

隣県に入りしばらく車を走らせると、次の目的地が近づいて来た。カーナビの音声を消してあるため、若葉が目的地への案内をしてくれている。実際は会話に夢中になった彼女が何度も案内を忘れるので、自分でも時々画面を見ている。今回の目的地は行きたがっていたガラス工房なので、ちゃんとナビをしてくれているが。

「じゃあとんぼ玉作りからな」

車の中で決めておいた通り若葉がそう言って皆を先導し、湖畔にある工房のドアを叩《たた》く。

説明を受けて指導してもらいながらとんぼ玉を作り、更に冷却の過程があるので合計一時間三十分ほどかかるらしい。ということは事前に若葉から説明されていた通りだった。

「まずはベースの色を選んでください」

説明を受け終え、ガラス工房の指導員が僕たち五人組の面倒を見てくれる。とんぼ玉というのはひどく簡単に言ってしまえば、穴の開いたビー玉のような物だ。正確には違うのだろうがどう違うかはわからないし、失礼な気がして指導員の方には聞けなかった。

今回の体験ではベースと模様で二種類のガラスを使って作製するらしい。それを聞いて、僕はベースも模様も迷わず色を決めた。ベースとして選んだ色のガラス棒をバーナーで溶かして芯棒に巻き付けて球を形成していく過程は、指導員の方曰《いわ》く「やり直しが利《き》くから安心して」だそうだ。

「凄い集中してるっすね」

聞こえた声の主には悪いが、返答に割く余裕は無い。

僕はもう失敗の出来ない模様付けの段階に移っている。ベースとして選んだ透明のガラスに、透明度の高い青のガラスを溶かして模様を描く。想像通りの模様を描くため、細心の注意を払って模様側のガラス棒をベースの球に触れさせていく。イメージを崩す訳にはいかないのだ。

冷却過程の一時間は湖畔をドライブして過ごし、出来上がったとんぼ玉を受け取った。

出来上がったそれは、工房に飾られている複雑な模様の物と比べれば稚拙な仕上がりだった。しかし、透明なガラスに青い波模様を描いた、海をイメージして作ったとんぼ玉はとても満足のいく物だった。

より正確に言うのならば、それに対して美園のイメージを重ねているからで、しばらく眺めた後工房でひもを付けてもらいスマホケースに取り付けた。

「はあ……いいわぁ」

車中、隣の若葉は自分で作ったとんぼ玉を見ながらうっとりしていた。自分の名前をモチーフにしたのか、透明なベースに葉っぱのような緑の模様が入っている。

宿には十七時までに着くようにと決まっているが、このままならば十六時少し過ぎには着くペースだ。ギリギリに着くグループばかりではないだろうし、向こうで暇を持て余すようなことは無いと思う。

「若葉さん。さっきの約束忘れてないですよね？」

周囲の様子が目に入っていない若葉に、後部座席から島田が声を掛けた。割と真面目なトーンの「約束」という言葉に嫌な予感がする。

「おー。だいじょぶだいじょぶ。任しとき」

「お願いしますよ……」

軽さしか感じない若葉の返答だが、一応は忘れられていなかったため島田は渋々と言った様子で念を押して引き下がった。

「約束って？」

はっきり言って嫌な予感しかしない。聞きたくない話が飛び出す未来しか見えないが、聞かずにそれが起こるよりはずっとマシだ。

「今日の宴会の時に、美園と話せる場を設けてもらうんです。若葉さんに」

質問の答えは横からではなく、後ろから聞こえた。

「そういうことか」

平静を装《よそお》ったが、内心は穏やかではない。落ち着いたと思っていても、結局は目を背けていただけで、こうして目の前につきつけられれば、心中は大荒れだ。

宿に着いたのは十六時七分だった。

現在時刻は十六時十五分、同乗者たちに、「少し疲れたから休んでく。時間までには宿に入るから」と嘘《うそ》とは言えぬ嘘をつき、僕は一人で七号車の中にいた。

地球環境とガソリン代には悪いが、エンジンはかけたまま。八月の空は、冷房が無ければ一人車中で黄昏《たそが》れることも許してくれない。

スマホからとんぼ玉を外し陽《ひ》にかざしてみると、屈折させられた光がキラキラと輝いた。綺麗だ。光そのものだけでなく、その向こうのイメージも。

対して今の自分を省みると、とても情けない。形はどうあれ後輩たちは自身の好意を以《もっ》て行動に移そうとしている。腹立たしいのは、そんな彼らに嫉妬心を抱きながらも何も出来ずにいる自分自身。全く——

かざしたとんぼ玉を強く握った時、助手席側の窓が控えめにコンコンとノックされた。

「美園……」

微笑《ほほえ》みながらそこに立っていた美園は、助手席側の窓を指差して口を開いた。「開けてください」だろうか。都合のいい妄想かと思って反応が遅れたが、僕は慌ててドアロックを解除した。

「お隣、いいですか？」

ドアを開けた美園はおずおずと僕に尋ねた。冷静に考えれば、開けてくださいは窓のことだったのだろう。乗ってきてほしいという思いが強かったのだと気付き、恥ずかしい気持ちになりながらも彼女に頷《うなず》いてみせた。

「失礼しますね。車に忘れ物をしたみたいで、ジンさんに鍵を借りて取りに来たら牧村先輩が見えたので」

そう言って乗り込んだ美園は「来ちゃいました」と照れくさそうに笑った。

「ありがとう」

自然と出た言葉が、何に対してなのかは僕にもわからなかった。きっと美園にもわからなかっただろうに、彼女は優しく微笑んだ。

「綺麗ですね」

「これ?」

ドリンクホルダーに転がした小さな海。ひもの部分をつまんで持ち上げ、そのまま美園に渡すと、彼女は両手で丁寧に受け取って、触れた表面を取り出したハンカチで拭った。

「はい。海みたいで、キラキラしていてとっても綺麗です」

そのままひもを持って、先ほど僕がしたのと同じように、陽にかざした。

「そう言ってもらえると、一生懸命作った甲斐《かい》があったよ」

「牧村先輩が作ったんですか？」

「ああ」

少し驚いたようにこちらを見る美園に、君をイメージして作りましたとは言えず、視線を逸《そ》らした。

「牧村先輩、もしかして体調が良くなかったりしますか？」

「いや、そんなことは無いよ」

体調は悪くない。僕の言ったことに嘘は無いが、美園はとんぼ玉をドリンクホルダーにゆっくりと置いた後、じっと僕を見つめた。

「嘘です。いつもと比べてやっぱり元気が無いです」

そう言われてしまうと返す言葉が無い。美園が来てくれて嬉《うれ》しいし、普段通りを装ったつもりだが、それでもやはり、先ほどの三人の会話とそれに伴って感じた自身の情けなさは精神的な鎖になって僕をここに縛り付けている。

「どうぞ」

「ん？」

美園の声と同時に、フロントガラスを見ていた僕の視界に彼女の腕が入る。横を向いてみれば、伸ばされた両腕は招き入れるように僕に向けられている。

「どうぞ」

意図がわからずに見ていると、美園は僅かだが口を尖《とが》らせ、ほんの少しだけ語気を強めて同じ言葉を繰り返した。左手で自分の太ももを優しく叩きながら。膝丈より少し短いスカートから覗《のぞ》く脚が綺麗《きれい》だ。

「もしかして……膝枕？」

「はい。前の時は疲れが取れたって言ってくれましたよね」

少し恥じらいつつも自慢げに言った美園は「さあ」と言って、再び両腕を伸ばす。正直甘えてしまいたい。サイドブレーキは足元にあるので、ひじ掛けを上げてしまえば準備は万端となる。

それでも、今甘えてしまえば、また致命的な思い上がりをしてしまいそうで怖い。こうして美園の優しさに触れられるのは僕だけの権利だと、また思ってしまう。

「ワックス付いてるし、遠慮しとくよ」

「気にしませんよ」

「僕がするから」

「私はしません」

断腸の思いで断った僕と目を合わせたまま、「票が割れましたね」と微笑んだ美園がおかしくて、僕は笑った。大声ではなかったが、声を出して笑った。

美園は「どうして笑うんですか」と拗《す》ねたような顔をしているが、その表情がやはり可《か》愛《わい》い。たったこれだけで、先ほどまで感じていた縛られて動けないような感覚は、その一切が消えてしまった。

「いや、ありがとう。もう大丈夫」

笑いを堪《こら》えながら礼を言って自身の復調を伝えると、美園は拗ねたような表情のまま僕に顔を近付けた。形のいい眉が少しだけひそめられ、細められてなお大きな瞳が僕をじっと見つめている。

僕もそんな美園をじっと見ているので、必然目が合う。「あ」と呟《つぶや》き、慌てて顔を遠ざけた彼女は、そのままの勢いで顔を逸らした。

「確かに……もう、大丈夫、そうですね」

「わかるのか？」

途切れ途切れにそう言う美園に尋ねると、ふぅっと息を吐いた彼女がこちらを向いた。

「わかりますよ」

優しく目を細めた美園の顔は、温かに色付いていた。

「そろそろ行こうか」

「あ、もうこんな時間ですか」

腕時計を見た美園が驚いたようにそう言った。二人で話してもう三十分ほどが経《た》ち、集合時間はすぐそこだ。

あれから、お互いが今日どこに寄って来たか、写真を交えながら話した。僕の撮った拙い写真を見ながら、美園は嬉しそうに話をせがんだ。僕としては美園が目を輝かせながら写真を見せてくれた、湖畔のテーマパークの話をもっと聞きたかった――今後誘う場所の参考に――のだが、時間切れとなってしまった。

「あ、そうだ。ジンに鍵返しとくよ」

「え？」

車を降りる前に、美園に向かって手のひらを差し出してそう言うと、彼女は不思議そうな顔をした。そして何かを考えるような仕草をして、「あ！」と声を上げた。

「あの！　大丈夫です。自分で返します。悪いですし」

「ジンとは部屋一緒だし、気にしなくていいよ」

九人のドライバーの内七人は二年男子で全員が同じ部屋にまとまっている。翌日も運転があるドライバーが、飲み会に巻き込まれて寝不足にならないよう、ドライバー部屋には訪問禁止になっている。もちろんドライバーが自分から他の部屋に行く分には自由だが。

因《ちな》みに残り二名の女子ドライバーだが、女子部屋には男子の訪問が禁止されており、女子会の場合もドライバーのいない部屋で行われるらしいので、こちらもある程度は落ち着いて休めるようになっているとのことだ。

「いえ。あの、自分で返します。お礼も言わないといけませんし」

「そう？　律儀《りちぎ》だな」

「いえ、そんなことは……」

何故《なぜ》か美園は申し訳なさそうな顔をしている。

「どうかした？」

「いえ、なんでもありません。時間もありませんし早く行きましょう」

美園はそう言うが早いか、ドアを開けてスタスタと歩き出した。

「ちょっと待ってくれ！　まだ荷物降ろしてないんだよ」

ドライバー部屋に荷物を置いて、「晩飯まで散歩してくる」とサネに告げて中庭へと向かった。サネは「飲みに備えて寝る。疲れたし」と言って、座布団《ざぶとん》を枕代わりに畳の上で横になりながら、僕を見送った。

温泉宿の中庭と言っても、失礼ながら学生が集団旅行で使う安宿ではテレビで見るような日本庭園は望めない。それでも、少し一人になって考えたいことがあって来ただけなので、砂利と木だけの静かな中庭がちょうどいい。

サンダルを借りて歩きながら考えるのは、これまでのこととこれからのこと。美園と初めて会ってから約四ヶ月。まだ、なのか、もう、なのかはどちらとも言い難《にく》い。短い間に沢山のことがあったし、一緒にいなかった時の自分がどうだったかを思い出せないくらいの時間を共有したような気もする。

歩みを進めると、足元から砂利同士がこすれる、ザッザという音が小さく聞こえる。花火の後に手を繋《つな》いで歩いた河川敷を思い出し、左手に喪失感を覚えた。あの時、美園の隣は僕の場所だった。

それがずっと続くものだと考えるのは確かに思い上がりだった。だがしかし、それをずっと続くものにしたいと思うことは、そうではないはずだ。

だから、そのための行動をしなければならない。想《おも》いを告げて、拒絶されたなら。今の時間を失うくらいなら、いつかに希望を託していようと、きっと僕は考えていたのだろう。

だが違う。いつかが来る前に、僕以外の誰かの手によって失われる可能性もある。そんな当たり前のことを、愚かにも僕は忘れていた。

拒絶されることは怖い。困った顔でごめんなさいと言う美園を想像しただけで泣きそうになる。フラれた後も同じ担当で活動をしていくのだから、僕はもちろん彼女にだって気まずい思いをさせてしまう。ただそれでも、何もせずに彼女の隣を他の奴《やつ》に持って行かれることは、想像するだけで耐え難《がた》い。

「告白か」

情けない話、言葉にしただけでも割と怖い。告白の決意をしようとここへ来たというのに、それ自体は出来たものの、いつどんな風に告白をするかは全く考えられなかった。

十八時からの夕食は予算的には当然のことだが、地域の名産なども無くごく普通の和食だった。明日のグループ次第ではあるが、昼食にはこちらの名産を食べたいなと思う。

「じゃあ十九時から宴会場借りてるんで、時間までには集まって」

そろそろ食事を終える者も出てくるという頃、委員長のジンの声が広間に響いた。宴会場を借りられる時間は決まっており、遅れれば遅れた分だけ飲み会の時間が減るため、皆が素直に返事をしている。

十八時五十分、サネと一緒に宴会場に入ると、先に来ていた志保が「こっちこっち」とサネを手招きしたので、それに連れられて必然僕もそちら、美園の隣に座ることになる。

「おっす」

「お疲れです。宴会の前にレジュメ一個見るんですよね？」

「名目は合宿だからな」

サネと志保のやりとりを横目に「やあ」と軽く手を挙げると、美園はニコリと微笑《ほほえ》んで軽い会釈《えしゃく》で返してくれた。サネがそれを見ていたらしく、僕の脇腹に弱めの肘が入った。

「その後は明日の班決めのくじ引きですよね？」

「ああ、そうだよ」

少し緊張したような美園に尋ねられ、僕も少しだけ緊張しながら答えた。夕食後にドライバー組はもうくじを引いてあり、誰の車に何人が乗るかは決まっている。僕の七号車に乗る一年生は二人。行きよりも美園が乗ってくれる確率は下がったので、実は結構憂鬱だったりする。

「やっぱり元気が無いみたいです」

「そんなこと無いって」

「そうですか？」

心配そうに言いながらも、美園は自分の太ももをこっそり指差しながら、小さく首を傾《かし》げた。

「おっ……ここでそれやられても困るだろ」

「そうですね」

焦《あせ》って変な声が出そうになったのを抑え、努めて冷静を装《よそお》ったが、対して美園はふふっといたずらっぽく笑った。万が一ここで美園の太ももにダイブしようものなら、僕は頭のおかしなセクハラ加害者となり、間違いなく色んな意味で終わる。

皆の前で膝枕をさせて、恥ずかしそうにする美園を見たいという欲求もあったが、流石《さすが》に残りの学生生活と引き換えには出来ない。

「なんかイチャついてる人たちがいますよ、奥さん」

「あらやだ。若いっていいわねー」

「イチャついてねーよ。あと裏声がキモイ」

隣の二人から茶々を入れられてしまい、小声で抗議する。しかし、恥ずかしそうにする美園を見たいという欲求は、そのおかげで叶《かな》った。

「第一のステージバックは私が票を入れた案が選ばれましたよ」

「この紅葉のやつか。僕が入れたのは一個も選ばれなかったな」

合宿の名目を保つために配られたレジュメには、投票で選ばれた文化祭の看板やステージバックがカラー印刷されている。案の時は数が多かったので各々《おのおの》ホームページ上で確認ということになっていたが、決定版は一枚で済むために全員分が印刷されている。因みに文実のホームページで公表されるのは来週から。今日は内々への先行公開のようなものだ。

「俺の選んだのは看板の内一つだけ選ばれたな」

「私は二ステと三ステのバックですね」

サネと志保の投票したものも選ばれていて、僕だけ全て外した。イコールセンス無しという訳ではないが、何となく悔しい。

「じゃあ、何かある人いますかー？」

声を張り上げたジンに対して誰も何も言わない。もう決まったことに何を言っても無駄だし、ここが長引くとこの後の時間が減る。致命的な問題があれば別だが、わざわざ全員の怨《うら》みを買おうとする奴はいない。

「じゃあこれで終了。明日の班決めするからドライバー以外は前でくじ引いてって」

その声に半分くらいのメンバーが立ち上がる。ドライバーと、後から引けばいいやという者は座ったまま。志保と、意外にも美園も勢いよく立ち上がった側だった。

「じゃあ行ってきますねー」

「頑張ってきます」

軽い調子の志保と、対照的に何となく緊張した面持ちの美園は、一年生用の箱の列に並んだ。

「一緒になれるといいな」

「……ああ」

ポンと僕の肩に手を置いたサネに、本心で応じた。

ドライバーはくじを引かないので暇だ。しばらく全体をぼーっと眺めていると、美園と志保が戻って来た。二人とも表情の変化は無く、美園は硬い様子のままだし、志保は軽い雰囲気を纏《まと》っている。

「まだ中身見てないんですよ」

僕とサネにそう説明した志保は、隣の美園を見ながら「せーの」と声をかけた。そして二人は僕たちにも見えるよう、同時にくじを開いた。見えた数字は七。ただし志保の手の中だ。美園は五と書かれたくじをじっと見ている。

「何でそんなハズレ引いたみたいな顔してるんですか。失礼ですよ」

志保が僕を見て憤慨しているが、ハズレを引いた訳ではない。当たりを引けなくて悲しいだけだ。

「……いや、悪い」

「素直に謝るのもダメです」

どうしろと言うんだ。

「美園は俺の車か」

「あ、そう、なんですね。よろしく、お願いします」

そんな僕の横で、サネがどこか気まずそうに、一瞬だけ僕を見ながらそう言った。美園も少しぎこちない様子で頭を下げた。いつものような美しい所作ではなかったように思う。


旅行に来たという解放感からか、最初は静かに始まった宴会も、開始から三十分は経《た》った今では普段の飲み会よりもずっと盛り上がっている。

くじ引きの後でそのまますぐに宴会がスタートしたのだが、例の約束があったからなのか若葉が即合流してきた。若葉はサネと志保と同じ担当で美園とも交流があるため、事情を知っている僕から見てもその合流はとても自然なものだった。

そうして合流した若葉がしばらくしてから長瀬と島田を、「今日の車で一緒に飲む約束をした」と言って呼び――因みに同じ車だった雄一はいない――二人との約束を果たした。

しかし、長瀬と島田にとっての約束の時間も長くは続かなかった。周囲もそんな様子を見ていたのかどんどん集まって来て、今や参加人数の半分近い集団が形成されている。

「いいのか？　アレ」

　そんな集団から弾《はじ》き出されるようにして壁際《かべぎわ》にいた僕に、集団から抜け出して来たサネが心配そうに声をかけてきた。

「いいも何もどうしようもないだろ、アレ」

　大集団の中で、美園は楽しそうに周囲と話している。隣には志保もいるし、隣接しているのは女子ばかり。たまに男とも話しているのを見ると小さな嫉妬心が湧きはするが、恐怖に近いような焦燥はもう感じない。アルコールだけには気を付けてほしいが。

「まあな」

　そう苦笑して紙コップの飲み物を呷《あお》ったサネは、「だけどさあ」と言葉を続けた。

「お前あっさりと弾かれ過ぎだろ。もうちょっと頑張れよ」

「男女入り交じった集団になったし、志保もいるから美園も困んないだろ」

「いやそういうことじゃなくてだな……お前はいいのか、ってことだよ」

「……お前いい奴だよな」

　思っていたことを口にすると、サネは「そーゆーのはいいから」と照れ隠しの半ギレを見せた。

「いいか悪いかで言えば良くないけど、けじめみたいなもんだよ」

「はあ？」

後輩二人は美園を狙うときっちり口にした。僕は彼らにそれを出来なかった。だから、やろうと思えば出来たかもしれないが、ここで美園を連れ出すのはアンフェアだ。

大集団になったせいで彼らが口説ける状況でなくなった、ということも精神的には大きいが、それでも――

「あの子の前ではやっぱカッコつけたいからな」

「お前さあ――」

呆《あき》れたように頭を振り、サネは言った。

「やっぱドクと同じだわ。絶対痛い奴になるぞ。と言うかもう痛い」

文実の活動が本格化する秋までは水泳部にウェイトを置いているため、ドクは来ていない。そんな友人の名前を出され、確かにあいつは痛い奴だなと思う。

「最近さ。ドクとか成《なる》さん見ると羨ましいんだよ。ヤバいよな？」

「成さんもかよ……。もう全部ヤバいわ」

そう言って息を吐いたサネは、「付き合ってられん」と、別の集団に突撃していった。

そんなサネを見送った視線を少し横に向けると、集団の中の美園と目が合った。意識して見ようとした訳ではないと思う。もう無意識に彼女を追ってしまっている自分に気付いて目を離さないままに苦笑すると、美園は照れたように、そして嬉《うれ》しそうに笑った。

◇◇◇

合宿は一泊二日という日程なので、二日目は帰りながら観光をしていく。行きは全員揃《そろ》ってからの出発だったが、帰りは大学に着いたところで車ごと解散になる。県内の自宅生などは、帰り道の途中で降車して家に帰ることも可能だ。

「いや、一人だけ途中下車とか無いですよ」

帰りのルートで少し遠回りをすれば自宅まで送られることが可能な志保は、一応尋ねた僕に当たり前だと言わんばかりに応じた。帰りの車は僕以外全員女子だが、二年生は経理担当というそれなりに話せる相手で、一年生には志保がいたので懸念《けねん》していたようなことにはならなかった。

「じゃあ後は志保を駅まで送るだけだな」

「バス停で降ろしてくれてもいいですよ。って言っても送ってくれるんですよね。ありがとうございます」

大学付近に着いたのは二十時頃になってからだった。昼食までは隣県内で観光をし、午後に入ってからは帰り道にある県内の観光地に寄って来た。

　他の二人を家の近くまで車で送り、車内に残るのは自宅から通っている志保のみ。因《ちな》みに二年生の経理担当が降りたタイミングで志保は助手席に移ってきている。

「どっか寄る所あるか？」

　学生アパートの密集した狭い道路を走り、幹線道路を目指しながら志保に尋ねた。

「大丈夫ですよ。すぐ必要な物は無いですし、駅に着けば色々買えますからね」

「了解」

　そのまま数分車を走らせ少し広い道に出たところで、志保が辺りをキョロキョロとしだした。

「なんか方向違いません？」

「ちゃんと駅に向かってるぞ」

「んー？　こっち海の方じゃありませんか？　ほら」

　カーナビの地図を指差し、志保はそれを指摘する。いつ気付くかなと思っていたが、中々気付くのが遅かった。わざわざ面倒な狭い道を走り続けた甲斐《かい》があったというものだ。

「だから駅まで送るって」

「駅反対ですよ？」

「そりゃ……もしかして、私の地元の駅まで送ってくれようとしてます？」

「どこの駅が？」

「まあな」

ちょうど信号で止まったタイミングでそう言い、僕はカーナビを操作して志保の地元の最寄り駅を登録した。

「志保の都合のいいとこまで送るから、細かい部分はナビしてくれ」

「いや、悪いですって」

志保が珍しく、本当に申し訳なさそうな様子で焦《あせ》っている。結構面白い。本来の目的ではないが、これを見られただけでも送る甲斐はあったかもしれない。

「気にするなよ。どうせ暇だし」

「まあそっちもありますけど。ガソリン代かかりますよね？」

ガソリン代と有料道路料金、それから必要であれば駐車料金は、事前に各車それぞれに渡されており、余れば返すことになっている。

「往復したって五、六百円分くらいだよ。そのくらいはドライバーの特権でいいだろ。僕ら無賃労働だし」

「えー。気が楽だからとか言ってませんでしたっけ？」

「特権その二だ」

堂々とそう言い切ると、志保は軽く息を吐いてから諦めたように笑った。

「じゃあ、ありがたく共犯者になりますよ」

その返答に満足した僕は青に変わった信号を見てアクセルを踏んだ。

「しかし、可愛《かわい》い後輩の女子を騙《だま》して連れ出すとか……」

「やめろその言い方」

「全部事実じゃないですか」

「可愛い後輩ってところもか？」

「航《こう》くんと美園にさっきの言い方で電話します」

「可愛い後輩を送らせてもらえて幸せだなー」

「それでいいんですよ」

満足そうに笑う志保に、本当に美園にだけは言わないでほしいと切に願った。

「結構行ったことのある観光地が多かったんじゃないか？」

「そんなことないですよ。意外と地元の観光地って行かないですからね。むしろ県境越えてからの方が行ったことのある場所多かったくらいですよ」

今回の旅行は方角的には志保の地元が含まれていた。必然寄る場所も彼女が知っている場所が多くなるだろし、楽しめたかと思って聞いてみると意外な答えが返ってきた。

「そういうもんか？」

「鉄道網が発達した所の人にはわからない感覚かもですね。こっちじゃ家族に車出してもらわないと観光地巡りなんて気楽に出来ないですからね」

「あー、そうか」

「まあもちろん、アクセスのいいとこなんかは行ってますけどね。今回は車移動だからそういうとこ少なかったんで、意外と初めての場所が多くて楽しめましたよ」

そう笑う志保は「牧場なんかは遠足で昔行きましたね」と笑った。

「ならよかったよ」

ここで海沿いの道が終わり、市街地方向に向かうようにカーナビから指示が出た。

「夜の海ってもうちょいロマンチックかと思ったんですけど、意外と怖いですね」

「暗いしな。浜辺に下りてみればまた違うんじゃないか？」

明かりの少ない道路から見える海は、確かに少し不気味に映る。しかし、半月と星の明かりの下で恋人と浜辺を歩くのならまた違った景色も見えるのだろう。いつか来てみたいものだと思う。

「今何考えたか当てましょうか？」

流石《さすが》にわからないだろうなとは思ったが、考えた内容が内容だけに即答が出来なかった。

志保が人差し指を立て、「ずばり」と口を開いたのが横目で見える。

「美園と来てみたいなあ、ですね」

何も言えない。もしもを考えて身構えていなかったら事故を起こしていたかもしれない。

「当たりました？」

「……なんでわかった？　成さんから聞いたのか？」

ニコニコと笑っていた志保だが、僕の言葉を聞いた途端に呆れたようにため息をついた。

「航くんからは聞いてないですけど、わかりますって。アホですか」

「もしかして……みんなにバレバレだったりするのか？　本人にも？」

志保の返答に嫌な汗が出る。隠せていたつもりだったのに。

「あの子はまず気付いてないですよ。他の人もほとんどの人は気付いてないでしょうね」

「良かったよ……ほんとに」

「でも二人が一緒にいるとこ見たらバレバレですよ。他の人が気付いてないのはそれを見てないからですし」

「マジか」

「マジですよ」

はーっと大きく息を吐いて自分の心を落ち着ける。バレていたことには驚いたが、今日は元々、志保にはそれを言うつもりでいた。今はちょうど目的地までの中間辺り。到着まで残り十分くらいの場所で切り出すつもりだったのだが、タイミング的にはもう今言うしかない。

「でもまあ、ちょうどいいよ」

「何がですか？」

「告白するつもりだ」

今度は横目でさえ志保の様子を見なかった。

「…………手伝えってことですか？」

その言葉には、僅かに警戒の色があったように思う。恐らく志保は美園に関してのそういった言葉を散々聞かされたのではないか。

「違う。いや、正確に言うと違わない」

「……どういうことですか？」

そう。ある意味力を貸してほしくて、本人に伝わるリスクを冒してまで——結果志保にはバレバレだった訳だが——告白する前にこんなことを話したのだ。

「告白して、僕がフラれた場合に美園のフォローを頼みたい」

「はあっ⁉」

怒ったような、呆《あき》れたような、そんな志保の声が車内に響いた。

「ちゃんと説明してください」

「告白してもしＯＫをもらえればそれでよしだけど、フラれたらフッた美園が気まずい思いするだろ？　美園の性格上、しばらくは僕に会うたび気にするだろうし」

下手をすれば僕が引退して文実に来なくなるまで、美園はずっと気まずい思いをし続けるかもしれない。

「それで？」

平坦《へいたん》な志保の声が、今度は静かに響く。

「だからそれのフォローをさり気なく頼みたい。志保が告白知ってたのバレると気まずいだろうし、さり気なくな」

そう言って頼んだが、一分近く経《た》っても志保からの返答は無い。

「志保？」

赤信号のタイミングで左を向くと、呆れ顔の志保と目が合った。志保はこれ見よがしに大きく長いため息をついた後、再度口を開いた。今日はため息をつかれてばかりだな。

「呆れて言葉が出ないっていう感覚が初めてわかりましたよ」

言い終わった志保はもう一度長いため息。ここまで呆れられることを頼んだだろうか。

「まあ、その件に関しては了解しましたよ」

「助かる。ありがとう」

不承不承の様子ではあるが受け入れてくれた志保に軽く頭を下げると、左から「全く」と聞こえた。志保が「ある――」と続けたところで後ろから軽くクラクションを鳴らされた。慌てて信号を確認してブレーキから足を離すと、「――二人ですね」と先ほどの志保の言葉が終わった。

「今何て言った？」

「さあ？　忘れました」

「その年にしてか」

「……美園に言いますよ」

「それだけは勘弁してください」

少し車を走らせると、ふう、と軽く息を吐いた志保が口を開いた。

「それで。いつ告白するんですか？　私も長々と待つのは嫌ですよ」

「確かに、頼んどいて待たせるのも悪いな」

「そうですよ。で、いつですか？　明日ですか？」

先ほどまでの呆れた様子とは違い、志保は楽しそうな様子でこちらに体を向けている。

「無茶言うなよ。そうだな……九月中には」

「今八月ですよ！　このヘタレ！」

◇◇◇

告白するぞと宣言までした翌日の夜、僕は頭を抱えていた。

昨日志保を送った後は流石に疲れたので風呂《ふろ》に入ってすぐに寝てしまい、今日に関しては午前中にレンタカーを返しに行き、車ごとに渡されていた経費の余りを清算した後でドライバー連中と昼食を共にした。

サネから聞いたところによると五号車の男女比は二対三で、美園と男子の絡《から》みはほとんど無かったらしい。「安心したか？」と笑う友人にジュースを奢《おご》っておいた。

そんな風に午前から昼過ぎまでを過ごし、例の宣言後初めて一人でまともに考える時間が出来た訳だが、冷静に考えると色んな問題が噴出してきた。

まず一つ目は宣言のこと。よくよく考えればフラれた後で志保に頼めば良かったのではないだろうか。流石に志保が美園に言うとは思っていないが、重荷を背負わせたようで少しだけ罪悪感がある。香や雄一に対しても同じように根回しをしておこうと思ったが、事後の方がいいだろう。

そして二つ目は告白そのものの方。いつどこでどうやって、どんな言葉で伝えるか。はっきり言って全く考え付かない。告白などしたこともされたことも無いのでネットで調べてみたところ、雰囲気のいい場所でのデート中の告白が望ましい、という結論に至った。

しかし問題はそれでフラれた場合。デート中に告白してフラれたら帰りはお互い凄《すご》く気まずいのではないだろうか。フラれた場合は現地解散だろうか。なんてことを考えたら振り出しに戻ってしまった。

考えがまとまらないからさっさと寝てしまおうかと思ったが、冷蔵庫の中身が空なのを思い出して最寄りのコンビニまで向かうと、レジには見知った顔がいた。

「よ、久しぶり」

「ああ、久しぶり」

賞味期限を見ながら適当な弁当だけ買って、レジではドクに合宿の土産話をする。時間も遅く、更に大学が夏休みのせいか他に客はいない。

「合宿行きたかったんだけどね。夏は水泳部に力入れるって決めてたから仕方ないけどさ」

「彼女もいるしな」

僕がからかうように言った言葉に対し照れ笑いをするドクを見て、ふと聞いてみたかったことを聞くチャンスではないかと思えた。

「なあ。告白ってどっちからした？」

「ん？」

いきなり話が変わって怪訝《けげん》そうな顔をするドクに「ちょっと聞いてみたくて」と付け加えて、先を促した。

「まあ俺からだよ」

「いつ？　どこで？　どんな感じで？」

「何でそんな……まあ、部活の帰りに、一緒に歩いてる時。場所は体育会棟からこっちへの道かな」

ドクの顔はいつの間にかニヤケてきている。少し危ない兆候を感じるが、もう少し聞きたいことがある。

「相手は一年だから、割と出会ってすぐ告白したんだよな。不安とかなかったか？」

「二週間は経ってなかったと思うよ。今思えば少しはあったと思うけど、でも好きだったし」

「そうか。ありがとう」

顔がこの上なく緩んでいる友人の言葉は、とても衝撃的だった。

「あ、その時の綾乃《あやの》なんだけどさ——」

「バイト中に長話するのも悪いから帰るわ。じゃあ、ありがとな」

「ちょっとマキ、まだ話は——」

まだ話し足りないであろう友人を振り切り僕はコンビニを後にした。

ドクの彼女、上橋《うえはし》さんと美園は当然違う。だからそのまま参考になる訳ではないのだが、「でも好きだったし」という彼の言葉に頭をぶん殴られたような感覚を覚えた。強烈に残った友人の言葉を何度も反芻《はんすう》し、結局僕自身もそこに至るのだと気付かされた。

◇◇◇

夏休み中の全体会議は、週一回金曜日に行われることになっている。部会や担当会などは必要に応じてそれ以上に招集されるケースもあるが、出展企画の場合はまずない。

開始十分ほど前に会場の教室に入った後、真っ先に美園を捜した。誰よりも目を引く彼女はあっさりと見つかったが、その姿には違和感を覚えた。髪形も服装もいつも通り、後ろ姿だけでもとても可愛《かわい》いのだが、なんというか纏《まと》う雰囲気が暗く感じる。今日の午前中にメッセージのやり取りをした時は特にそんな様子は無かったと思うが。

「マキ、こっちこっち」

美園に近付こうかと思っていたら別方向からドクに声を掛けられた。

「よ、昨日ぶり」

そう返して美園のいる場所から斜め後ろ方向のドクの隣の席に腰を下ろすと、声に反応したのかこちらを見ている美園と目が合った。軽く手を挙げて挨拶をしたのだが、いつもなら笑顔で会釈《えしゃく》をしてくれる美園が今日は少し拗《す》ねたような顔でペコリと頭を下げてそのまま前を向いてしまった。

「え……」

昨日は横に座る友人の言葉に頭を殴られたような感覚を覚えたが、今は心臓を突き刺されたような痛みを覚えた。慌てて美園の席に近付こうと立ち上がると、目の前まで志保が来ていた。こちらは不機嫌そうではないが何やら神妙な顔をしている。

「ちょっといいですか」

視線で廊下を示した志保にコクリと頷《うなず》き、ドクに「ちょっと行ってくる」と声をかけて志保を追って廊下に出た。この時こちらを見ている美園とまた目が合ったが、不安そうな顔をした彼女はまたすぐに顔を逸《そ》らしてしまった。

「単刀直入に用件だけ。これです」

廊下に出てすぐ、志保は何かを差し出してきた。見ればそれはピンク色の可愛い封筒。

「念のため言っておきますけど、私からじゃありませんよ」

「流石《さすが》にそれはわかるけど……」

気まずそうに付け足す志保の意図がわからない。これが僕の想像通りの物であるのならば、渡しても無駄ではないか。

「言いたいことはわかりますよ。でも別に渡したくて渡してる訳じゃないんですよ。人伝《ひとづて》で頼まれた物を勝手に処分する訳にもいかないですから」

「そう、だな。悪い」

「いえ。まあ、あんな話の後でこれ渡されたらいい気はしないでしょうし」

困惑こそしたものの実はちょっとだけ嬉《うれ》しかったりする。美園から気持ちが動くことなどありはしないが、こんな物を貰《もら》うのは初めての経験だ。そして何より、送り主には申し訳ないが告白するに際して多少の自信になる。

「因《ちな》みに聞くけど誰から？」

そこでようやく封筒を受け取り表と裏を確認するが、『牧村様』と書いてあるだけで差出人の名前などは無い。美園ほどではないが字は綺麗《きれい》だった。ご丁寧に封は赤いハートのシールでされている。

「さあ？　マッキーさんは名前言ってもわからないと思いますけど、広報の子がサークルの先輩から預かったそうです」

「そう言われても、全く身に覚えが無いな」

「で。どうするんですか？」

「どうするも何も、断るに決まってるだろ」

それ以外の選択肢などありはしない。そう言い切ると、ようやくいつもの調子に戻った志保は「よく言いました」と少し上から目線で僕を褒めた。

「もしちょっとでもふらついたらグーでしたよ、グー」

そう言って拳を突き出して見せた志保は、「それじゃ」と笑いながら教室内に戻って行った。美園の様子についても尋ねたかったのだが、それは叶《かな》わなかった。

　全体会議と部会が終わり、香と雄一がいなかったので担当会もほぼ無し。そのまま美園を誘った。断られはしないだろうかと不安だったが、美園は「はい。ありがとうございます」と静かに頷いてくれた。いつもの明るい様子とは違うが、ひとまず一緒に帰れることに安心した。

しかしやはりと言うべきか、帰り道での美園の口数は少なかった。こちらから話しかけても反応は鈍く、会話が途切れると俯《うつむ》きながら「すみません」と小さく謝っていた。何か事情があるのかもしれないが、どこか辛《つら》そうな美園を見ていると僕としても辛い。意を決して口を開こうとした時だった。

「あの」

僕のアパートを少し過ぎた所で先に口を開いたのは美園だった。歩くスピードを少し落とし、真剣な表情で僕の目を見ながら言葉を続けた。

「今日、お手紙を貰っていましたよね？」

「うん」

好きな女の子と自分が貰ったラブレターについての話をする、という非常に気まずいシチュエーションではあるが、目は逸らさなかった。ここで逸らしたらいけないと、何故《なぜ》かそう強く思った。

先に目を逸らしたのは美園の方。そのまま無言でしばらく歩き、交差点を渡った所でまたも美園が口を開いた。

「その……どうするんですか？」

「断るよ」

俯きがちでおずおずと言った美園に間髪入れずに答えると、彼女は弾《はじ》かれたように顔を上げて僕の目を見た。その表情からは驚きと、ほんの少しだけ嬉しそうな色が見えた気がした。

「そうですか」

またもサッと目を逸らした美園は歩く速度を戻した。何故か今回は目を逸らされたのに胸が痛みはしなかった。

美園の家まではすぐに着いた。道中はまたも無言だったが、先ほどまでの気まずさは不思議と感じなかった。

「でも、本当に断ってしまっていいんですか？　その、親しい方じゃないんですか？」

別れ際《ぎわ》、美園はまた不安そうな顔で先ほどの話を繰り返した。

「親しい、って言うかまだ中見てないんだよね」

「え？　それなのにお断りするということは……今は誰ともお付き合いするつもりが無い……」

驚いたような声を上げた美園の言葉は段々と小さくなって最後には聞き取れなくなって

しまった。ただ聞こえた範囲では間違っている。誰とも、ではなく美園以外と、だ。

「そういう訳じゃないんだけど。とにかくあの手紙は断るよ」

「よくわかりません」

美園は納得がいかない、というような顔をしている。

「わかった」

そう言ってバッグから例の封筒を取り出した。このままこの手紙の内容を受けると思われるのは嫌だ。流石に美園に見せる訳にはいかないが、今この場で中身を確認して明確に断る意志を示すと決めた。

驚いたように目を見開いている美園を尻目にシールを剝がして封筒を開けると、中身は可愛いらしい便箋が一枚。そして書かれていた内容に目を通し――

「美園。これ」

「え？」

便箋を差し出すと、美園は困惑したような声を上げた。

「あの。本当に凄《すご》く気にはなりますけど、私が見る訳にはいきません」

もちろん美園の言う通り、僕だって本来は見せるつもりは一切無かった。

「いいから。ちょっと見てみて」

拒否する美園にそう言って無理矢理便箋を押しつけると、彼女は最初瞑《つぶ》った目を徐々に開き便箋の内容を確認した。

「捨てましょう」

そしてニッコリと笑いながらそう言って、便箋を静かに破いた。

「えぇ？」

まさかそこまでするとは思わなかった。

「私がどれだけ！　どれだけ心配したか！　まったく、お姉ちゃんは！」

そう。便箋に書かれていた名前は美園のお姉さんの名前と電話番号、メッセージアプリのＩＤだった。

『美園が教えてくれないから牧村君から連絡してね。この手紙は高校の時の友達経由で届いてると思うよ。』

という一文と共に。

「紛らわし過ぎるよなあ……」

ピンクの封筒にハートのシールで封をされたら誰だって勘違いする。ラブレターを貰ったと思って喜んだり、「断るよ」とか言ってた僕がまるで馬鹿みたいだ。と言うか馬鹿だ。

羞恥で顔が熱くなる中、ぷりぷりと怒る美園が可愛いことだけがせめてもの救いだった。

「お姉ちゃんがご迷惑をお掛けしました」

そう言って頭を下げた美園は、お詫《わ》びをしますと僕を部屋に招いてくれた。

すっかりいつも通りに戻った彼女は、少し照れたように笑って黒いスリッパを出してくれた。当然のように、美園は色違いの白いスリッパを履いている。志保に聞いた話では履くのを止《や》めたと思っていたが、やはり履くようにしたのだろうか。

「お鞄《かばん》お預かりしますね」

「ありがとう」

小さなバッグなので預けるまでもなかったのだが、やり取りが夫婦のそれに思えてつい甘えてしまった。まあウチの両親がそんなのやってるところ見たこと無いけど。

「そちらのテーブルで待っていてください」

美園はリビング手前のコートハンガーに僕のバッグをかけ、そのままダイニングへと向かって行った。僕は促された通りリビング部分のテーブルへ、カーペットの手前でスリッパを揃《そろ》えて上がらせてもらう。そして、やっぱりこれちょっと面倒じゃないかなと考えてしまう。

前回お邪魔したのは一週間以上前になる。部屋の様子は大きく変わってはいなかったが、デスクの横に合宿時のお土産らしき袋がかけてあった。家族か学科の友人用だろうかと考えていると、美園がやって来た。

カーペット前で揃えられたスリッパが二足に増えた。白と黒が並ぶその光景は、面倒さがあってなお温かい光景だと思えた。他人の家のスリッパで何をそこまで感傷に浸るのだと、わかっていてもそう思えてしまった。

「今お湯を沸かし始めましたので、少し待っていてください」

コクリと頷《うなず》いて見せると、美園はニコリと笑って僕の向かいに腰を下ろした。

「それ、捨てちゃっていいですからね」

「そういう訳にもいかない気がするんだけど」

テーブルの上には先ほどのピンクの封筒。美園の手で二枚になった便箋を一応しまってある。

「お姉ちゃんとお話したいんですか？」

「そういう訳じゃないけど。美園のお姉さんだし、無視するみたいになるのは悪いかなって」

「いいんですよ。私が文句を言っておきますから」

花波《かなみ》さんのこととなると美園は子どものように拗《す》ねることが多い。可愛《かわい》らしくて微笑《ほほえ》ましくて頰が緩む。

「……何かおかしいですか？」

「仲いいなあと思ってさ。ちょっと羨ましいよ」

そう言うと、美園は心外だと言わんばかりの顔を作ってぷいと横を向いた。少し頰が赤く、照れ隠しなのが明白だ。

「……お湯を見てきます」

笑ったままの僕をちらりと見て、美園はまだ電子音の鳴っていないケトルを見に行ってしまった。


「でもやっぱり、お姉ちゃんには困ったものです」

アイスティーを淹《い》れてくれた美園は、照れ隠しの続きなのかまだ先ほどのことで少しぷりぷりとしている。そんな様子も可愛くて仕方ないので、心の中で花波さんに感謝する。

「牧村先輩にもご迷惑をお掛けして」

「僕は別に。迷惑だなんて思ってないから気にしなくていいよ」

ラブレターだと勘違いして恥ずかしいことを言った気もするが、それは忘れることにした。

「それにしてもです。あんな紛らわしい封筒にしたのは、きっとわざとですよ」

「流石《さすが》にそうだろうなぁ」

花波さんの性格はよく知らないが、流石にあのチョイスを天然でやったとは思えない。

可愛らしく怒る美園に苦笑しつつ、アイスティーを一口飲んだ。

「まあそのおかげで、ちょっとだけいい夢見たから。チャラかな」

だから美園も気にするな、そう言おうと思って前を向くと、美園がまた不機嫌そうな顔になっていた。

「……嬉《うれ》しかったんですか？」

失言だった。その平坦《へいたん》な声にそう思った。美園の価値観からすれば、誰からかもわからないラブレターで喜ぶというのは、恐らく好ましくない。

「いや、ほら。ああいうの貰《もら》うの初めてだったからさ。結局違ったけど」

自虐を交えて、ははは笑ってみたが、美園の目は少し冷たく感じる。

「いや、あれだよ。僕だって好きな子からああいう手紙もらえたらそりゃ一番嬉しいけどさ。そうじゃなくても多少、ほんとに多少は嬉しいって言うかさ――」

「牧村先輩」

平坦だった声に感情がこもる。少し震えるようなその声には、悲しみが含まれているように聞こえた。

「好きな人が、いるんですか？」

怯《おび》えるかのように僕を真《ま》っ直《す》ぐ見る美園のその言葉で、覚悟を決めた。

きっともう、今しかない。考えていたようにデートの最中ではないし、告白するにふさわしいムードもへったくれも無い。ただそれでも、自分の気持ちに、美園に。嘘《うそ》をつくことだけはしたくないと思ったから。

しかし口を開いて言葉を発しようと思ったが、上手《うま》くいかなかった。頭では冷静だと思っていたが、気付けば心臓の鼓動は長距離を疾走したかのような状態で、平衡感覚さえも狂っているように感じてしまう。

口の中が渇いてしまい、アイスティーを飲もうとグラスを摑《つか》んだが、手の震えのせいで、防音性能が高いおかげで静寂に包まれている部屋の中、カラカラと氷とグラスがぶつかる音が情けなく響いた。

そんな震える右手を、少しだけ震える左手で無理やり押さえ、人生の中で一番必死に飲み物を求めた。アイスティーを二口飲み、深く長く息を吐き、向かいの美園をしっかりと見据えた。彼女は僕のこんな醜態を見ても、じっと僕の言葉を待ってくれていた。

「いるよ。好きな子」

身構えた美園がびくっと反応した。ここからはもう止まれない。あとは気持ちをぶつけるだけだ。

「好きだ」

しっかりと、その言葉を口にする。

「美園が好きだ」

気の利《き》いた言葉は出てこない。

「僕と付き合ってほしい」

覚悟を決めたと思っていたが、言ってしまった後の鼓動は先ほどよりも更に速い。破裂でもしてしまいそうなくらいで、顔も去年インフルエンザで寝込んだ時よりも熱く感じる。せめてもの意地で視線だけは逸《そ》らさずにいると、最初はぽかんとしていた美園が僕の目を見て、すぐに逸らし、視線を左右に泳がせた。

頰に差した僅かな朱色は、すぐに顔全体に広がり、今では耳まで真っ赤にしている。震えている瑞々《みずみず》しい唇を開いては閉じ、開いては閉じ、何かを言おうとしてくれている。いつの間にか震えは唇だけでなく、美園の華奢《きゃしゃ》な肩にまで伝播《でんぱ》していた。

何か声をかけるべきだろうか。しかし、その言葉が思い浮かばないし、今はきっと呂律《ろれつ》が回らない。

こちらに美園がいない夏休みの初期と比べても、単位時間当たりの体感はきっと長かった。

そして、そんな沈黙を破った彼女の声は、ひどく震えていた。

そして、美園の右頬を伝う一すじの流れが目に入り、一瞬で頭が冷えた。

「返事はまた今度でいい。悪かった、ごめん――」

謝って立ち上がろうとした僕を、美園が震える声で制した。

「ちがい、ます」

美園は指で涙を拭ったが、今度は左からも同じように流れるものがあったが、彼女はそれを拭うのを諦めて笑った。涙を流しながら、それでも確かに。

「謝らないでください」

真っ直ぐ僕を見る美園が、優しく微笑んだ。

「嬉しいんです」

その声は少しだけ上ずっていた。

「それって……」

恐る恐る、しかし期待を込めて尋ねた。

「はい。私も、牧村先輩が好きです。お付き合い、したいです」

エピローグ

「お待たせしました」

ダイニングに背中側を向けて配置されているソファーに座っていると、「お化粧を直して来ます」と洗面所に行った美園《みその》が戻って来た。少しだが涙を流してしまったからと言っていたが、お互いに言葉が続かなかったので間を置きたかったのだと思う。

「おかえり」

緊張ぎみの美園を、ガチガチに緊張した僕が視線を動かさずに迎える。ダイニング側から歩いて来る彼女はソファーの傍《そば》に来るまで僕からは見えないし、来た後も横目でしか見られなかった。今の声も多分震えていた。

美園は何も言わずにぽすりとソファーに座った。二人掛けの中央よりこちら側に、僕とぴったりくっつくように。

「恋人、ですから」

驚いて顔を向けると、前を向いたまま照れたように笑った美園は、そう言って僕の手を取った。やわらかく温かなその手に触れられ、そのまま指を絡《から》めた。恋人になってから触れた彼女の指は、以前と変わらずやわらかなのにやはり力を入れたら折れてしまいそうなくらいに繊細で、より一層大切にしたいと強く思う。

話したいことも聞きたいこともいくらでもあった。多分、美園の方もそうだと思う。それでもお互いに言葉を発さなかった。互いの息遣いさえ聞こえる距離の心地よい沈黙に、もう少しだけ浸っていようと思った。

「牧村《まきむら》先輩は」

「うん」

壁の時計で見ると五分ほど――実際はもっと短く感じた――経《た》った頃、美園が僕に呼びかけた。お互い少しずつ顔を向け合い、同じように照れて笑う。くすぐったくて死にそうだ。

「いつから、私のことを……」

僕の腿《もも》の上に置かれた二人の手。絡め合った指に力がこもり、僕に向けられた上目遣いの瞳が少しだけ揺れる。そこで途切れた美園の言葉の続きが何かなんてことは、考えるまでもない。

「うん？」

ただ、その様子があまりに愛らしく、好きな女の子に意地悪をしたくなる小学生男子の気持ちを初めて知った。

「意地悪しないでください」

可愛《かわい》らしくふくれて少しうらめしげな上目遣い。愛《いと》おしくて仕方ない。

「ごめんごめん」

「ちゃんと言ってくれたら許してあげます」

ぷいっと顔を逸らした美園は、それでも横目でこちらを見たまま。その視線には怒りや不機嫌さは無く、あるのは期待の色。

「実は正確にはわかんないんだよね」

「え？」

「気付いたら好きだった。自覚したのは連休明けで、多分一緒にご飯行ってからじゃないかな」

「あの日、なんですね。お願いして、本当に良かったです」

美園は感慨深そうに言って微笑《ほほえ》んだ。

「因《ちな》みに美園の方は？」

「何ですか？」

同じ質問を返してみると、可愛く首を傾《かし》げてとぼけられた。小さな可愛い意趣返しだろう。

「美園はいつから僕のことが好きだったんだ？」

「内緒です」

「おい」

意地を張って聞いてみたというのに、いたずらっぽくふふっと笑った美園は答えをはぐらかし、そして真剣な顔になって僕を見た。

「内緒ですけど。ずっと大好きでした」

「そうなんだ」

「はい」

ずっと、がどれくらいの期間を指すのかはわからないが、こんなことを言われて嬉しくないはずがない。

「牧村先輩は鈍いんで、全然気付いてくれませんでしたけどね」

わざとらしくため息をついてみせた美園は、前を向いて笑った。

「気付かれちゃうと困るなとも思いましたけど、今考えるとやっぱり、気付いてほしかったんだと思います」

「面目次第もございません」

向けられていた好意にはある程度気付いていた。しかしそれは信頼に近い意味だと思っていた。僕だけが片想《かたおも》いをしていたと思っていた時間が、実は両想いだったと知れたのは嬉《うれ》しい。思い出に新しい色が付いていくような感覚を覚える。

美園が言ってくれた色んな言葉を覚えている。そして、当時意味がよくわからなかった言葉の中に、気持ちを知った今では違って聞こえるものがいくつかある。

「結構アピールしてくれてたんだな」

「今頃気付かないでください……」

本人も思い出したのか、少し顔を赤くして俯《うつむ》きがちになっている。

「この部屋に上がってもらったのも、お料理を作ったのも、二人でご飯を食べに行ったことも、全部牧村先輩だけなんです」

顔を上げた美園は、「しーちゃん以外だと、ですけど」と苦笑した。

「一番のライバルはアイツだったか」

「そうかもしれませんね」

わざと苦々しく言った僕に、美園は微笑んで、「でも」と言葉を続けた。

「手を繋《つな》いだのも、お家《うち》に泊まらせてもらったのも、浴衣《ゆかた》を見てほしいと思ったのも、膝枕をしたのも、正真正銘牧村先輩だけです」

「うん」

そう頷《うなず》いて左手を少し握ると、美園はこちらを向いてニコリと笑い、右手に力をこめた。

「だから、これから二人だけの思い出をたくさん、一緒に作ってください」

「ああ。約束する」

そう言って僕は、少し体を捻《ひね》って右手の小指を差し出した。

「はい！」

勢いよく答えた美園も同じように少し体を捻り、左手の小指を差し出してくれた。

「これ、やりづらいな」

「そうですね」

二人でそう言って、顔を見合わせて笑ったが、僕も美園も握った手を離そうとしなかった。

「それじゃあそろそろ帰るよ」

三時間近くずっと手を繋いで過ごし、あと一時間もすれば日が変わる時間になっていた。

「え。もうですか？」

「もうじき日も変わるし、あんまり長居するのも悪いだろ」

弾《はじ》かれたようにこちらを向いて不満を見せる美園だが、僕だって実際は同じ気持ちだ。それでも僕が言い出さなければ、帰ってほしいという類の言葉が美園の口から絶対に出ないのは明白で、どこかで切り出す必要があった。

「痛いって」

「あ……ごめんなさい」

無意識だったのだろう。僕の左手を今日一番強く握っていた美園に苦笑してみせると、彼女は慌てて力を緩めた。

「これからいくらだって時間はあるよ」

「そうですけど……」

「それにさ、今日これ以上一緒にいると、心臓がまずいことになりそうだ」

それでも不満げな美園におどけて見せると、彼女は目をぱちくりとさせた後、「それは困りますね」と言って小さく笑った。

「じゃあ最後に、一つお願いしてもいいですか」

「うん。なんなりと」

「抱きしめてください。抱きしめて、好きだ、って言ってください」

「心臓に悪そうだけど、喜んで」

絡んだ指を解《ほど》き、どちらともなく手を離し、二人でソファーから立ち上がって向かい合う。先ほどよりも遠い距離だが、告白の後で正面から向き合うのは最初になる。

「緊張、しますね」

「ああ」

緊張するとは言ったが、目を合わせるだけでお互いだらしなく頬が緩む。そんな顔でも僕の彼女はとても可愛い。

目を合わせてはニヤケて、少し目を逸《そ》らしてはまた目を合わせる。そんな恥ずかしいやりとりを何度か繰り返した後、美園が手を開いて両腕を差し出した。その腕の間に歩を進め、そのまま美園の背に自分の腕を回し、ゆっくりと抱きしめた。つま先立ちの彼女が、少し背を屈《かが》めた僕の肩にその可愛い顔を乗せ、首にかかるように腕を回した。

「好きだ」

「はい……」

背中に回した腕を少し上げて美園の髪を撫《な》でると、彼女はより強く力をこめて僕に抱き着いた。まずいことになっている心臓の鼓動が届いてしまわないかと、ふと思った。彼女の髪の香りが鼻孔をくすぐり、抱きしめたやわらかな体をはっきりと感じた。

結局、別れの抱擁だというのに、僕が美園の家を出たのは翌日になる直前だった。僕の意志が弱いのではなく、僕の彼女の魅力が凶悪すぎただけだ。

あとがき

お久しぶりです。水棲虫《すいせいむし》です。

このたびは『サークルで一番可愛《かわい》い大学の後輩　2．消極先輩と、積極後輩との花火大会』をお手に取ってくださり、誠にありがとうございます。

一巻の時とほぼ同じ二段落目ですが、前回のあとがきでは『サークルで一番可愛い大学の後輩　消極先輩と、積極的な新入生』と、サブタイトルの前から「1.」を抜いて記載していました。一巻がお手元にある方は確かめてみてください。

これはミスによるものではなく、二巻が出るかわからないのに「1.」って付けて大丈夫？　という弱気な心の表れでした。今となっては笑い話……ではなく、勝手に何してんだこのアホという話ですね。

ともあれ、読者の皆様のご愛顧と関係者各位のご尽力によりこうして二巻をお届け出来ましたこと、大変嬉《うれ》しく思っています。本当にありがとうございます。

発売日とは少し季節がズレますが、二巻は六月後半から八月終わり付近までのお話です。

担当編集からもツッコまれましたが、ラブコメで夏のお話なのに水着回はありません。代わりに浴衣《ゆかた》です。浴衣はいいぞ。

ちなみにページ変わって最後の方でネタバレ的な形で内容について触れる部分がありますので、あとがきからの方はまた後ほどお会いしましょう。

それではここからは謝辞を。

担当編集者のI藤様。今回も的確なアドバイスを多数いただきました。改稿のたびに文章が引き締まり、元から比べて受ける印象が随分良くなることに感動を覚えていました。また、販売戦略の方でも（私にはわからない部分もかなり多いのでしょうが）ご尽力くださり、ありがとうございました。

イラストレーターのｍａｒｕｍａ（まるま）先生。一巻のイラスト、神または最高とし か言葉が出ませんでした。読者の方への好印象はもちろんですが、私はいまだに毎日眺めてニヤニヤしています。ありがとうございます。二巻のイラストもラフの時点で表情筋トレーニング状態なので、完成イラストへの期待が日に日に高まっていて、非っ常に楽しみにしています。

一巻あとがき時点では「まだ実感が無い」と書きましたが、一冊の書籍の販売の陰には多くの方のご尽力があります。もちろん現在でも全てを認識出来ている訳ではありませんが、多くの方に支えていただいていること、嬉しく思うと同時に身の引き締まる思いです。ありがとうございます。

そして読者の皆様、一巻に引き続きお読みくださり誠にありがとうございます。二巻のあとがきで再びお会い出来たということは、「続きを読みたい（読んでもいい）」と思ってくださったのだと思います。感謝の極みと言うほかありません。この二巻でも同じように思っていただけたのなら、これ以上の喜びはありません。

さて、本巻ラストにて智貴《ともたか》と美園《みその》の関係が変わりました。ただ、二人のお話はここで終わりではありません。続きをお届けすることが出来たのなら、また見守っていただければ嬉しいです。

それでは、次巻でまたお会い出来ることを心より祈りつつ。

水棲虫

お便りはこちらまで
〒一〇二‐八一七七
ファンタジア文庫編集部気付
水棲虫（様）宛
ｍａｒｕｍａ（まるま）（様）宛

富士見ファンタジア文庫

サークルで一番《いちばん》可愛《かわい》い大学《だいがく》の後輩《こうはい》

2. 消極先輩《しょうきょくせんぱい》と、積極後輩《せっきょくこうはい》との花火大会《はなびたいかい》

令和4年10月20日　初版発行

著者――水棲虫《すいせいむし》

発行者――青柳昌行

発　行――株式会社KADOKAWA
〒102-8177
東京都千代田区富士見2-13-3
0570-002-301（ナビダイヤル）

印刷所――株式会社暁印刷

製本所――本間製本株式会社

※定価はカバーに表示してあります。
●お問い合わせ
https://www.kadokawa.co.jp/（「お問い合わせ」へお進みください）
※内容によっては、お答えできない場合があります。
※サポートは日本国内のみとさせていただきます。
※Japanese text only

ISBN978-4-04-074695-1 C0193　◇◇◇

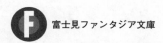

切り拓け！キミだけの王道
ファンタジア大賞
原稿募集中！
賞金
《大賞》300万円
《金賞》50万円
《銀賞》30万円
選考委員
細音啓「キミと僕の最後の戦場、あるいは世界が始まる聖戦」
橘公司「デート・ア・ライブ」
羊太郎「ロクでなし魔術講師と禁忌教典《アカシックレコード》」
ファンタジア文庫編集長
前期締切 8月末日
後期締切 2月末日
公式サイトはこちら！ https://www.fantasiataisho.com/